動物と話せる少女リリアーネ 4

笑うチンパンジーのひみつ!

タニヤ・シュテーブナー 著
中村 智子 訳

LILIANE SUSEWIND
Schimpansen macht man nicht zum Affen
by Tanya Stewner

もくじ

登場人物＊紹介

リリアーネ（リリ）
主人公。小学四年生。どんな動物とも話せるという不思議な能力がある。

イザヤ
リリアーネのとなりの家に住む小学五年生。ギフテッドと呼ばれる天才少年でリリアーネの親友。

ボンサイ
リリアーネの飼い犬。リリアーネと大の仲よし。

シュミット伯爵夫人
イザヤの飼い猫。気位が高く、気むずかしい。

コルネリウス

イザヤの両親が留守の間、留守番に来てくれているイザヤのやさしいおじさん。

トリクシィ

リリアーネがもっとも苦手としている同級生。なにかにつけてリリアーネに意地悪をする。

シャンカルとサミラ

動物園にいるライオンとトラのカップル。リリアーネとも大の仲よし。

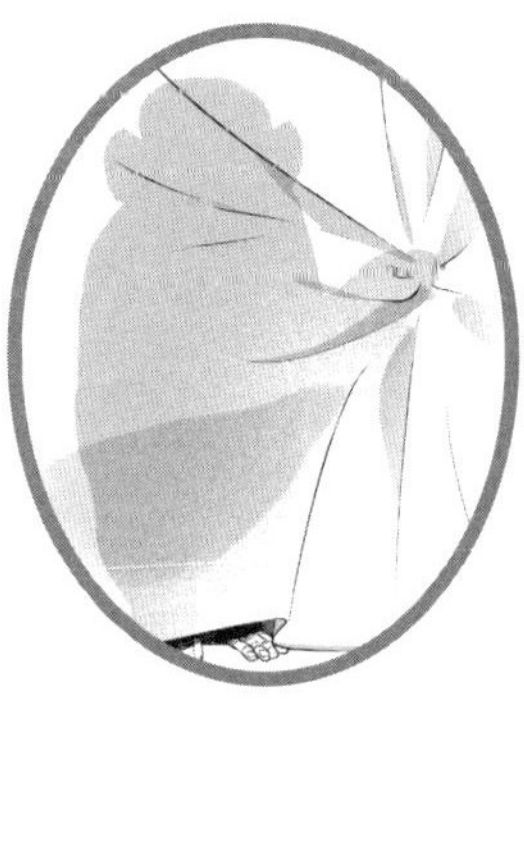

なぞのチンパンジー

リリアーネが出会う、ひみつの多いチンパンジー。

ビネガー園長

リリアーネが働く動物園の園長。そのきびしさから、かげでは〝大佐〟と呼ばれている。

木の殿さま

「ボンサイ伯爵。つつしんでちょうだい！」

赤茶のトラ猫はニャアと鳴くと、腹立たしげに顔をそむけました。小さな白い犬ボンサイは、ヘッヘッと声を出しながら、うしろ足をあげてナラの木におしっこをしています。太い木にマーキングできるのがうれしくて仕方ないのです。

しとやかで気品があるのでシュミット伯爵夫人と名づけられた猫は、リリに目をやり、助けを求めました。「スーゼウィンド嬢。ボンサイ伯爵に伝えていただきとうございます。公園の植物をけがす品のないふるまいですわ。わたくし、とっても気分が悪うございます。そのためにトイレというものがあるのではございませんこと？」

リリには特別な能力があります。どんな動物の言葉もわかるという能力です。犬語と猫語はまったくちがう言葉なので、リリはいつも二匹が話すことを相手に伝えてあげなければなりません。リリはため息をつきました。トイレ習慣のちがいのことで猫が文句をつけるのは、これがはじめてではありません。

「ああやって、ボンサイはなわばりに印をつけているんです」リリは猫に説明しました。「犬はマーキングしたところのにおいをかいで、どんな犬が通ったのか、知ることができるんです」

「ほかに、どこに印をつけたらいい？」

「もういいわ、ボンサイ」リリは答えました。「シュミット伯爵夫人がそう言うの」

　小さな雑種犬ボンサイは耳をたらしました。「シュミちゃんは、またあの変な猫トイレを使えって言ってるの？」

「そうよ。でも、そんなことしなくていいわよ」

　そばで聞いていたシュミット伯爵夫人のきげんが悪くなりました。「だらしない！　見苦しいですわよ！　ご近所のゴロニャン紳士淑女のみなさんにこんなところを見られたら、わたくしの立場がなくなります」

リリはにこにこしていました。猫の貴婦人は、犬の〝低俗な習慣〟についてよくケチをつけていますが、それでもボンサイとは仲よくしたいと思っているのです。この二匹はとても仲よしで、いつでもいっしょにいます。そんなわけで、リリがボンサイと散歩に出ると、シュミット伯爵夫人もよく、ついてきます。きょうも、こうしていっしょに公園までついてきました。

リリは散歩をつづけながら、動物と話しているところをだれにも見られていないか、なんどもきょろきょろ見回しました。この町にもリリの特別な能力のことを知っている人がいますが、リリのママは、これ以上多くの人たちに知られたくないと思っています。リリのママ、スーゼウィンド夫人は、リリの能力がテレビや新聞社に知られ、レポーターに追いかけ回されるのを心配しています。それに、ママは有名なテレビ局のアナウンサーです。ですから、〝不思議な世界〟と関係していると、仕事がなくなってしまうのではないか、と心配していました。

このことは、リリもママの気持ちがよくわかり、納得していました。ですから、自分の能力をみんなにうちあけたいと思っても、ひみつにするよう努力していました。けれども、そんなにかんたんなことではありません。公園で散歩をしているだけでも、むずかしい問題が発生することがあるのです。それは、会ったことのない動物が目の前にあらわれたときです。たとえば、近所に引っ越してきた犬にはじめて出くわしたとき。動物たちは、いつも決まって目を丸くしてリリのことをじっと見つめます。赤い髪の少女は特別な人間だと感じるからです。リリの

声を聞くとびっくりぎょうてんし、石のようにかたまってしまったり、やたらと甘えてきたりします。リリはこのようなことをわずらわしく感じていましたが、公園に行くのは好きでした。

ボンサイは、がっしりとしたナラの木を見つけました。

「おかしいなあ。この木には、きのう印をつけたばかりなんだけどなあ」ボンサイはうなり声をあげました。「おいらの上からだれかがおしっこしたんだな！とんでもないやつだ！」

ボンサイは幹の根元をクンクンかぎました。「かなりデカイやつだな……よし、思い知らせてやる！」

ボンサイははずみをつけると前足に体重をのせ、さか立ちするような姿勢で木におしっこをかけました。これはボンサイの作戦です。こうすればあとから来た犬に、じっさいよりも大きな犬だと思わせることができるというわけです。

「ヘイ、なにやってんだよ。ひきょうもの！」とつぜん、ジャックラッセルテリアがキャンキャンほえました。テリアは、ちょうどかどを曲がってきたところでした。リリはこのテリアのことも、かっとなりやすい性格であることも知っていました。テリアはボンサイの作戦が気に入らないようです。「ふざけんな！」テリアはふんがいしていました。「やっつけてやる、このチビ犬め！」そして、ワンワンほえながらボンサイを目がけて全速力で走りだしました。

さか立ちになっていたボンサイは驚いて、ころんと転んでしまいました。ボンサイが立とうとしていると、テリアはリリの横をビュウと勢いよく走りぬけ、大声でさけびました。「攻撃！」

テリアがボンサイにおそいかかろうとしたちょうどその瞬間、シュミット伯爵夫人がかん高い声をあげてわりこんできました。夫人は全身の毛をさか立て、背中を丸めて高くすると、フーッとうなりました。「ボンサイ伯爵に手を出したらしょうちしないわよ、チビ犬め！　わたくしが相手になってさしあげますわ！」夫人は鼻息を荒くし、前足で犬にパンチを食わせました。

　ボンサイは目を丸くして見守っています。

「うわぁ！」テリアはキャンキャン悲鳴をあげると、さっと身を引き、しっぽを巻いていちもくさんに飼い主の元へかけていきました。そして安全なところまで逃げると、またもやキャンキャンほえました。「運がよかったな！　おれさまが本気になったら、おまえらなんかずたずただい！」

　飼い主はあっけにとられていましたが、テリアをリードにつなぐと、すぐにその場を立ち去りました。

　シュミット伯爵夫人は犬を目で追いながらののしりました。「しつけがなっていませんわね！　わめきながら走り回ったり、ボンサイ伯爵を驚かすなんて！　品性おげれつ！」

「すごいぞシュミちゃん！」ボンサイは夫人にかけよりました。

　ボンサイは感激し、シュミット伯爵夫人のかわいらしい鼻先から、やわらかい耳まで顔じゅうをペロペロなめ回しました。それに対して、夫人は顔色一つ変えず、わざとらしくゴロゴロのどを鳴らし、満足そうに言いました。

「それなりに感謝がこめられていますわね。このようなお上品なお礼ができるということは、ボンサイ伯爵も、その気になれば気高くふるまえるということですわね」

そのとき、うしろからだれかが急ぎ足で近づいてきました。リリがふり返ると、親友のイザヤでした。リリはイザヤにあゆみよりました。

「ハイ、リリ！」イザヤはにこにこしながら大きな声であいさつしました。イザヤはとてもハンサムな少年です。学校の女子は、イザヤにこんなふうにほほ笑みかけてもらうために、いっしょうけんめいです。でも、今はまだ夏休み。イザヤの笑顔はリリがひとりじめです！

「たった今、きみのお父さんに会ったよ」イザヤはごきげんでした。「みんなでアイスを食べようって言ってたよ。向こうの喫茶店で待ってるって」

喫茶店は、ちょうど公園を出たところにあります。

「わあい！」リリは大喜びです。九月に入ってもまだまだ暑い日はつづいていました。こんな日は、アイスクリームを食べるのにもってこいです。リリはボンサイとシュミット伯爵夫人を呼びました。ところが、二匹はついてきません。リリはふり返りました。犬と猫は、目を丸くしてナラの木を見上げています。なにかいるのでしょうか？

　ボンサイは弱々しくしっぽをふりながら、ワンワンほえました。「ハロー！おりておいで！」

「なにかいるの？」イザヤが小さな声

でたずねると、ふたりは公園の歩道をはずれ、ゆっくりと動物たちに近づいていきました。

「なにを見てるの?」リリはたずねました。

すると、ボンサイがまたもやワンワンほえました。「おりてきなよ、モジャモジャ男!」

ザーザーと葉がゆれるような音が聞こえてきます。なにかが枝から枝へ飛びうつっているようです。

「あーあ、行っちゃった」ボンサイはしっぽをふるのをやめました。

「なにかいたの?」リリとイザヤも木を見上げました。けれども、枝と葉の間から青空がのぞいているだけで、ほかにはなにも見えませんでした。

猫はリリに答えました。「風変わりな方でしたわ。少々ひねくれた感じに見えましたけど。犬や猫を見たことがないらしく、わたくしたちをごらんになって、びっくりなさってましたわ。せめて、わたくしがなにものかぐらいは知っておい

てもらいたいですわね。猫は世の中でもっとも知られた存在でございますから！」猫は小さな頭をぶるっとふりました。「それにしても、きわめてすばしっこく、木の枝を飛びうつるのがたいへんお上手でしたわ。とても腕の力がお強い方のようですわ」

　リリはみけんにしわをよせました。二匹はいったいなにを見たのでしょうか？

　巨大なリス……？

「なかなか魅力的な方でしたわよ。そこにいるのよりは、はるかにハンサムですわ」猫は、軽べつするような視線をイザヤに投げかけました。猫はイザヤの家で飼われていますが、イザヤのことなどなんとも思っていないようです。「木の上の男性の毛皮は、びっしりと生えててごりっぱですけど、うちの使用人の毛皮ときたら、ちゅうとはんぱなところでおわっているので、みっともないですわ」夫人はもういちどイザヤを見ました。

「男性？」リリはたずねました。「人間ですか？」

シュミット伯爵は考えていました。「そうねえ。あれは……木の殿さまってところかしら。その……特別なヒトとでも言っておきますわ。ハンサムで、器用で、腕力のある方よ」

「ヒトであるはずがないよ」リリの説明を聞いたイザヤがぶつぶつ言いました。

ボンサイも口を出しました。「モジャモジャ男はあそこから下を見ていたんだ。だけど、もういないよ」ボンサイはさっさと話をおわらせると、その場をはなれようとしました。

リリは、動物たちから聞いたことをイザヤに伝えると、問いかけるようにイザヤの顔を見つめました。「なにがいたのかなあ？　人間じゃないのかなあ？」

イザヤは頭のうしろをかいていました。これは、いっしょうけんめいに考えているときのイザヤのくせです。イザヤは、頭を使うなぞときや、むずかしいことを考えるのが得意です。けれども〝木の殿さま〟がなにをさしているのか、イザヤにも見当がつかないようです。「むずかしいなあ」イザヤはつぶやきました。

リリは肩をすくめました。「もう行きましょう。パパが待ってるわ」

リリがイザヤのそでを引っぱると、ふたりは喫茶店に急ぎました。ボンサイはふたりの横を歩き回り、シュミット伯爵夫人は鼻をつんとあげてボンサイに並ぶように小走りについていきました。

とつぜん、頭の上で、パキッと大きな音がしました。リリはあわてて身をすくめ、木を見上げました。なにかが動いています！　色の黒い背中のようなものがちらりと見えましたが、すぐに生いしげる葉の間にかくれてしまいました。

「今のはなに？」リリはおし殺したような声を出しました。

イザヤも上を見ていました。「動物かな？」

「おーい、モジャモジャ男！」ボンサイはキャンキャンほえるとしっぽをふりました。「モジャモジャ男、おりてきなよ！」

リリはなにかがおかしいと感じ始めていました。あんなに大きな動物を、町の公園では見かけたことがありません。「木に登ってみようよ！」

イザヤは驚いてまゆを高くあげました。リリはどちらかといえば内気で、ちょっとおく病なところもあります。けれども、海辺のバカンスでの大さわぎがあってから、どきょうがついてきたのかもしれません。

「木登りですって？　スーゼウィンド嬢、それならわたくしがひと役買いますわよ。どうしても木の殿さまとお話しなさりたいのでしたら、このわたくしが喜んでお探しいたしますわ」シュミット伯爵夫人は首をのばしました。「このお仕事にはすばしっこさと判断力が求められますものね！　わたくしにぴったりですわ！」猫はさっそく幹に飛びつくと、生いしげる葉の中に姿を消しました。

「シュミちゃん！」ボンサイはワンワンほえました。「待って！　おいらもモジャモジャ男と遊びたいよ！」

「あなたは木登りなんてできないでしょ」リリはボンサイに言うと、それからイザヤにたずねました。「わたしたちも登るでしょ？」

イザヤはにっこりとしました。「もちろん！　さあ登ろう！」

イザヤはひざまずくと、両手を組んで開きました。リリがイザヤの手の平に足をのせるとイザヤはリリを高く持ちあげました。そして、リリが太い枝に登ると、こんどはリリが上から手をのばし、イザヤを引っぱりあげました。

「そんなの不公平だ！」とり残されたボンサイが、文句を言いました。

「ボンサイ、下で見張ってて！」リリは大声で伝えました。「だれかが来たらすぐに警報を出してね！」

「了解！」ボンサイは静かになりました。まかされた仕事が気に入ったのです。ボンサイは木の横にすわり、ぴんと耳を立て、きびしい表情で見張っています。

リリとイザヤは真ん中あたりまで登っていきました。

「あらまあ、わたくしとしたことが。おはずかしい」シュミット伯爵夫人の声が聞こえてきました。リリはきょろきょろしました。すると、数メートルほどはなれた二本の細い枝の上でよたよたしている猫が目に入りました。シュミット伯爵夫人は、木からおりられなくなってしまったようです。足の指を開いてバランスをとろうとしている姿には、いつものしとやかさはまったくありませんでした。

「どうしたの？」リリの一つ下の枝で腹ばいになってつかまっていたイザヤがたずねました。

「シュミット伯爵夫人がおりてこられなくなっちゃった！」

「スーゼウィンド嬢、わたくしのみじめな状況を言いふらすのはおやめになって！」猫はがなりたてました。「ボンサイ伯爵に聞かれたら……」

すると、下からボンサイの声が聞こえてきました。「リリ、おいらも登るよ！シュミちゃんを助けないと！」

リリはボンサイには返事をせず、猫を助けだす方法を考えながら、ぐるりと見回しました。そして、上を向いたときです。二つの茶色い大きな目がリリを見下ろしています。一瞬、リリの心臓が止まりそうになりました。チンパンジーです！今にも手がとどきそうです。リリはぎょっとして、チンパンジーの顔をじっと見つめ返しました。チンパンジーのまなざしに、リリは鳥はだを立てました。チン

パンジーの目には、深い悲しみがあらわれていたからです。このチンパンジーは、とてもひどい体験をたくさんしてきたにちがいありません。

リリが話しかけようとすると、チンパンジーは力強い腕を上手に動かし、枝から枝へ飛びうつり、みるみるうちに遠ざかっていきました。

「なに……」たずねようとしたイザヤも、驚きのあまり、とちゅうで言葉をつまらせてしまいました。

チンパンジーは、生いしげる葉の間をすいすい移動していきます。どこを目ざしているのでしょうか？　なんと、シュミット伯爵夫人です！

「まあ、なんてことかしら」猫はなげきました。「よりによって今、木の殿さまがごあいさつなさりたいだなんて。スーゼウィンド嬢、どうかこちらの殿方に、わたくし、ただいま体調がすぐれません、と伝えてくださらないかしら」

　すると、チンパンジーは猫をだきあげ、ぬいぐるみのように小わきにかかえると、反対の腕で枝にぶらさがり木をおりました。

「そんな必要、ございません！　木の殿さま！　よく聞いてちょうだい！　わたくしは猫ですのよ！　猫はひとりで木をおりられますのよ！」

　チンパンジーは猫を地面にそっとおろすとすぐに木に登り、ふたたび姿を消してしまいました。カサカサ、ポキッポキッと音がしていましたが、じきにあたりは静かになりました。

　リリがイザヤの顔を見ると、イザヤもリリと同じようにびっくりぎょうてんしていました。「夢じゃないよね!?」

　それからふたりは、しばらくの間言葉を失っていましたが、やがてイザヤがた

ずねました。「動物園から逃げてきたのかなあ」

「ちがうと思う。わたしは動物園にいる動物をほとんど全部知っているけれど、あのチンパンジーは見たことがないもの」リリは首を横にふりました。「あのチンパンジーは元気がなかったわ」リリはイザヤを不安そうに見つめました。「すぐに助けてあげないと」

喫茶店にて

リリとイザヤとボンサイとシュミット伯爵夫人は、チンパンジーを探しました。公園じゅうの木を一本いっぽん見上げ、茂みの中をはいずり回りました。けれどもチンパンジーの姿は見あたりません。リリはがっかりしていました。どこから来たのか、どうして公園でくらしているのか、聞いてみたかったのです。とてもおく病なチンパンジーなのでしょう。ふつうなら、サル語を話せるリリを見れば、わくわくしても、逃げだすことはないはずです！

みんなはあきらめ、パパが待つ喫茶店に向かいました。すっかり遅くなってしまいました。でも、パパはひとりぼっちではないのでだいじょうぶ。イザヤのおじさん、コルネリウスがいっしょだからです。ふたりは店の外のテーブルについて、アイスティーを飲みながら楽しそうにおしゃべりをしていました。コルネリウスおじさんは、中国に新しい会社をつくるため、長いこと留守にしているイザ

ヤの両親に代わって甥の面倒をみるために、ストームワーグナー家に滞在しています。イザヤは、両親が出張でいないのをさみしく感じる一方、おじさんといっしょにくらせることに喜びを感じていました。おじさんといっしょにいると、いつもとはちがう楽しい体験ができるからです。

「おーい、みんな」コルネリウスおじさんは、にこにこしながら大きな声で呼びました。おじさんの髪はイザヤと同じく黒い巻き毛で、笑うと目のまわりにたくさんの小さなしわができました。「きょうも猫がいっしょなんだね」

　イザヤは肩をすぼめると無邪気にほほ笑みました。おじさんは、リリの動物と話せる能力のことを知らないので、シュミット伯爵夫人とボンサイの奇妙な関係に、いつも驚いていました。

「猫にうっかり犬のえさをあげちゃったのかなあ。もういちどよく確かめてみよう」おじさんがこそこそ耳うちすると、イザヤは笑いました。

「さあ、かけなさい」パパが言うと、リリとイザヤはすわりました。「遅かったね。

なにしてたの？」

「ええと……」リリは、〝チンパンジーのシュミット伯爵夫人救出劇〟をパパに話したくてうずうずしていました。けれども、コルネリウスおじさんがいるのでそうはいきません。

「木登りをしていたんです」イザヤが機転をきかせて答えました。

「そうなの」リリも言いました。

そこへ、ウェイトレスの女の人が近づいてきました。金髪をポニーテールに結んだとても若い人です。そのとき、リリはその人がだれだか気がつきました。トリーナ・エラーです！　リリは青ざめました。トリーナとは、リリが通訳としてお手伝いをしている動物園で知り合いました。ふたりが出会ったとき、トリーナは研修生として動物園で働いていました。けれども、妹のトリクシィと手を組んで、リリとイザヤを危ない目にあわせたことで、やめさせられてしまったのです。

「こんにちは」トリーナはやる気なさそうにあいさつすると、つまらなそうにテ

ーブルを囲む人々の顔を見わたしました。そのとき、リリと視線が合いました。トリーナの目が細くなり、またたくまに顔が赤くなりました。

「ミックスアイスを二つ、チョコレートソースもかけてね」パパが注文しました。でもパパは、ウェイトレスがリリをにらみつけていることには気づいていませんでした。

「はいはい」トリーナはふり返り、さっさとその場をはなれました。

「アイスはウェイトレスよりましだろうね」コルネリウスおじさんは、トリーナの無愛想な態度にいやみを言い、イザヤのわき腹をつつき笑わせようとしました。けれどもイザヤの表情はしんけんです。イザヤは心配そうにリリの顔を見ました。

パパとおじさんがおとな同士の会話にもどると、イザヤはリリに小さな声で言いました。「気をつけたほうがいいよ。トリーナは、まだぼくらのことをうらんでいるにちがいない。ぼくらのせいで動物園をクビになったと思っているからね。それに、ここでもいやいや働いているみたいだし」

リリはうなずきました。「ねえ、アイスにつばをかけたりするのかなあ」

「やりかねないね」イザヤは身ぶるいしました。「よし、確かめに行こう」

リリとイザヤは、手を洗ってくると言って席を立つと、店にしのびこみました。トリーナはカウンターのうしろでお店の先輩と話していました。先輩がアイスを盛りつけています。トリーナはまださせてもらえないようです。それならばいたずらをされる心配もありません。ところが、ほっとしたのもつかのま、トリーナの話し声が聞こえてくると、そんな気持ちはあっというまにふきとんでしまいました。

トリーナは大きな声で言いました。「信じてよ！　あの子、動物と話せるのよ！動物園で動物通訳やってるんだから！」

リリは驚きのあまり体をこわばらせました。トリーナがリリのひみつをばらしています！　動物園で働いている人たちはみな、リリのひみつを決してだれにも話さない、と園長に約束させられています。それなのに、トリーナはぺらぺらしやべっています！

先輩は首を横にふりながら笑いました。「そんなばかな」

「この目で見たのよ！」トリーナはいきりたっていました。「あのばか、ほんとうに動物と話せるんだから！」

先輩は、人さし指で自分のひたいをつつきながら、〝トリーナ、きみの頭のほうがおかしいよ〟というしぐさをしました。「いいかげんにしろよ。そんなことより、四番のテーブルにアイスを運んで」

トリーナはむっとして口をぎゅっと結ぶと、アイスの入ったグラスをおぼんにのせて、ドシドシ外へ歩いていきました。リリとイザヤは、少しはなれたテーブルのかげからトリーナのようすをうかがっていました。トリーナはリリとイザヤに気づき、歩きながらキッとにらみつけました。ところが、ふたりに気をとられていたせいで、石につまずいてしまいました。ふらふら、よろよろ。トリーナは、グラスをのせたおぼんを持ったまま、右に左に行ったり来たり。そして、とうと

う、すってんころりん。その勢いで、アイスは高く弧を描いて宙を飛び、コルネリウスおじさんのおなかとパパの胸に落下しました。アイスは四方八方に飛び散り、パパの顔はストロベリーアイスとチョコレートソースの水玉もようになってしまいました。おじさんとパパの間にすわっていたボンサイも、ピンク色の水玉もようになりました。シュミット伯爵夫人は、ボンサイについたアイスをペロペロなめながら、うれしそうにのどをゴロゴロ鳴らしました。「とってもおいしゅうございます」

リリは笑わないように口をつぐんでいました。

「し、しまった……」トリーナはつかえながら言いました。「その……、ひどいことに……」

そこへ先輩がかけつけ、大きな声であやまりました。「わあ、もうしわけございません！」そして、トリーナに小さな声でしかりつけました。「オーナーに知られたら、クビにされるぞ！」

トリーナは青ざめ、先輩がパパとおじさんについたアイスをナプキンできれいにふきとるようすを、身じろぎもせずに見守っていました。

「たいしたことじゃないさ」おじさんは笑い飛ばしました。「そんなに気にしなくていいよ！」

パパもにこりと笑うと顔をふきました。すると、水玉だったチョコレートソースが広がり、パパの顔は茶色くなりました。

そのとき、トリーナは暗い表情でリリとイザヤに向かって言いました。「あんたたちのせいよ。喫茶店の仕事までクビになったら、ただでは――」そこで、トリーナは口をつぐみ、すぐそばの木を、ぽかんと口を開けて見つめました。

「ほら！」トリーナが指をさしました。

リリとイザヤはさされた方向を見ました。けれども、なにも変わったものはありません。

「サル！」トリーナがさけびました。「サルがいたのよ！」

すると、先輩がもうれつに怒りだしました。「いいかげんにしろ！　サルなんているわけないじゃないか」

「もういなくなっちゃったけど」トリーナの顔が真っ赤になりました。「神にちかってもいいわ。ほんとうにサルだったんだから！」

先輩は口をへの字にしました。「そうだな、サルだよな。それとも巨大なリスが飛んでいたのかな？　火をはく竜かもしれないし」先輩は首を横にふりました。「きみのことはオーナーに話しておくよ。きみって、ちょっとおかしいよ」そして、先輩はくるりと背中を向けました。

トリーナの手がわなわなとふるえていました。ひどくショックを受けたようです。リリは、トリーナがかわいそうになりましたが、そんな気持ちもあっというまに消えてしまいました。

「こんなことになったのも、あんたたちのせいだからね！」トリーナはげんこつをにぎりしめ、その場を走り去りました。

リリはあっけにとられてトリーナを見送りました。トリーナはまたもや人に責任をなすりつけようとしています。リリにもイザヤにもまったく関係がないというのに！

パパはチョコレートでよごれた顔をしかめ、トリーナのうしろ姿を見つめながらたずねました。「どうしてきみたちのせいなんだ？」

リリはなにも答えませんでした。これからどうしたらいいか考えてイザヤを見ると、イザヤも同じことを考えているのがわかりました。

「もういちど公園に行ってくる」リリは言いました。「探したいものがあるの」

「まだアイスを食べてないじゃないか」

「だいじなことなの」リリは答えると、パパをじっと見つめました。すると、パパはうなずきました。パパは、いつでもリリのことを信頼してくれます。

リリとイザヤとボンサイとシュミット伯爵夫人は、それから何時間もチンパンジーを探しつづけました。きっとどこかにいるはずです！　リリはくり返し大き

な声で呼びました。チンパンジーには声がとどいている——リリは感じていました。けれども、人に近づくのを怖がっているようです。

「これ以上探しても意味がないよ」イザヤがうめくように言うと、どかっとベンチにこしをおろしました。

シュミット伯爵夫人もベンチに飛びのると、「これからお昼寝をいたします」と告げ、イザヤの横で体を丸めました。

リリはあきらめられませんでした。どうすればチンパンジーを見つけられるでしょうか？　そのとき、いいことを思いつきました。リリは、近くに人がいないかさっと確かめてから、ボンサイに言いました。

「人が近づいてきたら警報を出してね」そして、リリは大きな声で呼びました。

「鳥さんたち！　ツバメ、スズメ、クロウタドリ。みんな、集まってちょうだい！」

しばらくすると、バタバタと嵐のような羽ばたきが聞こえてきました。すると、鳥の姿が見えてきました。さっと矢のようにリリをかすめたり、頭の上をくるく

る回ったり、ビュンビュン飛び回ったり、近くの枝に、地面に、あるいはリリの肩に舞いおり、大きな声でピーピー鳴いたりしていました。イザヤとシュミット伯爵夫人の間にも、たくさんの鳥が止まっていました。猫は眠そうに頭をあげると、せわしなく動き回る動物を観察してから鳴きました。「おいしそうなおやつですけど、手を出してはいけないんでしたわね？」

「その通りです」リリはきっぱりと答えました。

猫はふたたび丸くなると、長いため息をついて目をとじました。

「ハロー、鳥さんたち」リリはあいさつをしました。「助けてほしいの。チンパンジーを探してもらいたいの」

「それなあに？　食べもの？」ズアオアトリがピーピー鳴きました

「チンパンジーは動物よ。人間に少し似ているわ。毛がいっぱい生えてて、足が短くて、腕の力が強いのよ」リリは説明しました。「木登りが上手で――」

「それならぼく知ってるよ！」アオカワラヒワがチュンチュン鳴きました。

「そうよ、わたしも見かけたわ！」別の鳥たちも思い出したように言いました。

「〝集め穴〟のものを食べてたわ！」

「それってゴミ箱のこと？」リリはたずねました。

「そう、それ！　それに、ぼくたちを怖がってた！」アオカワラヒワは羽をパタパタさせました。「そばを飛んだだけで、びっくりしていたよ。ぼくたちだけじゃないよ。なんでも怖いみたいだ！　上から落ちてくる水とか、ザワザワ空気とか、ブンブン箱とか！」

　リリは鳥たちの話を理解するのにいっしょうけんめいです。「雨と風と……それに、車かしら？」公園の横には大きな通りがあります。

「それに、きみのこともね」アオカワラヒワはさえずりました。「木の枝を飛びながら追いかけているのに、きみが近くに来るとかくれてしまうんだ」

「今、どこにいるの？」リリは大きな声で言いました。「どこにかくれているの？」

　鳥たらはとほうにくれていました。

「わからないよ。かくれるのがうまいんだ」アオカワラヒワはくちばしでベンチをつつきました。

リリは考えてから、身をのりだして言いました。「よく聞いて！ こんどチンパンジーを見かけたら、知らせに来て。わたしのうちは、知っているでしょ？ どうしても、あのチンパンジーと話したいの」

「よく探してみるよ」鳥たちは約束すると、次々と飛び立っていきました。リリは鳥を見送りながら、チンパンジーが見つかるよう願いました。リリには、チンパンジーを助けてあげられる自信がありました。でも、助けてあげるには、チンパンジーがリリに心をゆるしてくれなければなりません。

アームストロング

その夜、リリは夢を見ていました。リリは、トリーナと妹のトリクシィに、木の箱にとじこめられてしまいました。ふたりはリリを怒らせようとして、外から箱をたたいています。コンコン、コンコン。そして、トリーナは犬のような声でほえ、トリクシィは鳥のようにピーピー鳴いています……そこでリリは目をさましました。リリはベッドで寝ていました！　でも、おかしなことに、コンコンという音は鳴りやみません。よく見ると小さな鳥がいます。それは、公園で話したアオカワラヒワでした。アオカワラヒワは小さなくちばしで、ベッドの脚をいっしょうけんめいつついて、リリをおこそうとしていました。とちゅうでなんども休んではピーピー鳴きました。「ハロー！　ニュースがあるよ！　おきて！」

リリの腕にボンサイの鼻づらがふれました。

「おきてよ、リリ！」ボンサイはウォッとほえました。「コンコン野郎がうるさい

よ！」

　リリは目をこすりながらおきあがりました。

「ハロー！」リリはアオカワラヒワにあいさつしました。「チンパンジーを見つけたの？」

「うん、見つけたよ」鳥は言いました。

「どこにいるの？」リリはベッドから飛びだすと、くつをつかみ、公園へ行く準備を始めました。

　アオカワラヒワはさえずりました。「外にいるよ」

「外ってどこ？」リリはスニーカーのくつひもを結ぶと、セーターをどこにおいたのか考えていました。外はきっと寒いことでしょう。

「きみの巣の入り口の前さ」

「え？」リリは口をぱくぱくさせました。「窓の前ってこと？」

「その通り」鳥はピーピー鳴きました。「向こうから見ているよ」

リリは、鳥がいつでも入ってこられるように開けはなしておいた窓の外を見ました。すると、体がかっと熱くなりました。確かに、チンパンジーがいます！リンゴの木の枝にすわり、悲しそうにリリを見つめていました。ずいぶんと体の小さなチンパンジーでした。

リリはどきどきしながら、そっと窓辺に近づきました。リリとチンパンジーの間には、さえぎるものはありません。リリはゆっくりと手をのばしました。リンゴの木は、手をのばしてふれられるほど近くにあったわけでもないのに、チンパンジーはリリの動きを怖がり、しりごみしました。

「だいじょうぶよ！」リリはささやきました。けれども、チンパンジーは警戒しています。すいすいとけんすいしながら木をおりると、芝生を歩いて逃げようとしました。

「待って！」リリは大声で呼びました。チンパンジーを逃がすわけにはいきません！「食べものがあるわ。おなかがへっているんでしょ？」

チンパンジーは立ち止まり、用心しながら肩ごしにふり返りました。

「バナナがあるわ！　リンゴも！　それにチョコバーも！」チョコバーは動物にあげるものではありませんが、リリにはそんなことを考えているよゆうがありませんでした。

チンパンジーは、どうしたらいいか考えていました。どうやら腹ペコのようです。

「もどってきて！　なにもしないから、安心して」チンパンジーは迷っていましたが、リリのお願いを聞いてみることにしました。そして、ゆっくりとリンゴの木を登ると、リリと同じ高さの枝にこしかけ、探るようにリリを見つめました。

リリの机の上には、果物の入ったお皿がおいてあります。毎日、パパが用意してくれるのです。まだ、リンゴが二つとバナナが一本残っていました。バナナな

ら喜ぶにちがいありません。でも、まだ青くておいしそうではありません！だからリリも食べずにとっておいたのです。そんなかたいバナナをチンパンジーにあげるわけにはいきません。

そこでリリはバナナをつかみ、愉快なできごとを思い出そうとしました。そして、昼間の喫茶店で、チョコレートで茶色くなったパパの顔を思いうかべて、くすっと笑いました。すると、まだ青かったバナナが、あっというまに黄色くなりました。

リリは満足そうにほほ笑み、ふり返りました。「はい、バナナよ！」リリはチンパンジーにさしだしました。けれどもチンパンジーは動きません。まずバナナを、それからリリを用心深く観察していました。

「怖いのね、そうでしょ？」リリはやさしくたずねました。「でも、わたしのことは怖がらなくてもいいわよ」

チンパンジーは警戒しながらリリを見つめていました。しばらくすると、バナナをつかみ、真っ二つに折ってにおいをかぎ、それから口におしこみました。もぐもぐ口を動かしながらリリを見つめています。少しばかりきんちょうがほぐれた表情になりました。

「もっとあるわよ！」リリはリンゴをさしだしました。

チンパンジーは迷うことなくリンゴをつかみ、音をたててかぶりつくと、ぺろりと平らげてしまいました。

「ちょっと待ってて！　ほかの食べものもとってくるね」リリは大きな声で言いました。そして、こっそりとキッチンへ行くと、ひとつかみのピーナッツとレタスを持って、急いでもどってきました。小さなチンパンジーは、ピーナッツとレタスもぺろりと平らげました。食べている間じゅうチンパンジーは、リリから目をはなしませんでした。すっかり安心しきっているような表情をしていましたが、なにもしゃべらないので、リリはおかしいと感じました。動物園のサルたちは、声をあげたり仲間同士で話したりします。けれども、このチンパンジーはそうで

はありません。

チンパンジーが食べおえると、リリは言いました。「きょうはこれでおしまい。あしたには、もっとたくさん用意しておくわね」

チンパンジーは首をかしげました。考えているようです。リリはみけんにしわをよせました。リリの話すことがわからないのでしょうか？

それからまもなく、チンパンジーは木をおりると、四本の手足を使って芝生の上を大急ぎで走り、暗やみに姿を消してしまいました。リリはずっとチンパンジーのうしろ姿を見送っていました。あしたも来てくれますように――リリは願っていました。リリはチンパンジーと話したい、どこから来たのかたずねたいと思っていました。このチンパンジーは、なにやら問題をかかえているようです。けれども問題を解決してあげるには、まず、原因をつきとめなければなりません。

次の日。リリはイザヤに夜中のできごとを話しました。すると、イザヤがスーパーマーケットに行こうと提案しました。ふたりはお小づかいを出し合って、果物と野菜を袋にいっぱい買いこむと、その足で公園へ行き、チンパンジーを探しました。けれども、チンパンジーは姿をあらわしませんでした。

そこでふたりは、リリの部屋でチンパンジーが来るのを待ってみました。けれども、やっぱり姿を見せてくれません。窓辺のリンゴの木には数羽の鳥が飛んできましたが、いい報告はありませんでした。ふたりはがっかりしました。

そして真夜中。リリはたたきおこされました。

「リリ！　モジャモジャ男が来たよ！」ボンサイが小さな声でほえました。

リリはぱっと目を開けると、窓辺に走りよりました。きのうと同じように、チンパンジーはリンゴの木の枝にすわり、リリをじっと見つめています。

「用意してあるわよ」リリが袋の中から果物や野菜を出していると、ガタンと音がしました。チンパンジーが窓台にひらりと飛びうつったのです！　リリは息を

のみました。チンパンジーは用心深く部屋を見回すと、床におりて食べものの入った袋に近づきました。そして、袋の中身を見ると、パチパチと手をたたいて、歯を出してにたりと笑いました。

リリはびっくりしました。チンパンジーがこのような表情をするのはうれしいときではなく、恐怖を感じているときです！　リリはすっかりとまどっていました。チンパンジーは歯を出していますが、うれしそうに見えます。チンパンジーは喜んでいるのでしょうか？　それとも怖がっているのでしょうか？

リリは一歩うしろにさがり、

　チンパンジーの好きなようにさせてみました。すると、チンパンジーはキュウリを引っぱりだし、ものめずらしそうに観察していました。そしてクンクンにおいをかぐと、バリバリ音をたててぺろりと平らげました。それから、袋の中に入っている野菜や果物に次々と手を出しました。リリは床に静かにすわり、チンパンジーが食べているようすを見守っていました。

　やがて、おなかがいっぱいになったのでしょうか。リンゴが一つ残っていましたが、それには手をつけませんでした。チンパンジーは鼻から息をはきだしながら、どかっとこしをおろすと、おなかをさすりながら、しわがれ声で言いました。

「よかった」

　リリは目を丸くしました。しゃべりました！　おかしな話し方でしたが、とにかく言葉を発しました！

「わたしはリリよ」リリは自己紹介をしました。

　チンパンジーは首を左右にかたむけ、考えこんでいました。「で……ぼくのは？」

チンパンジーは舌足らずなしゃべり方をしました。動物園のチンパンジーとはまったくちがう話し方です。

「それで、あなたのお名前は？」リリはチンパンジーが言おうとしていることがわからず、質問しました。「あなたの名前はあなたが教えてくれないと、わたしにはわからないのよ」

「ぼく……」チンパンジーは身ぶりで伝えようとしました。「きみ……教える？」

リリはチンパンジーをじっと見つめながら考えました。自分がだれだか教えてくれないか、と言いたいのでしょうか？「あなたはチンパンジーよ」

「ぼく……パンジー？」チンパンジーの声は、うなるような音とクンクンという鳴き声がまざったように聞こえました。

「チンパンジー」

「きみ……」

「人間。わたしは人間よ」

「ハロー、モジャモジャ男！」ボンサイがワンワンほえました。ボンサイはがまんできなくなって、ちぎれんばかりにしっぽをふりながら近づいてきました。「おいらは犬だよ」

チンパンジーは飛びすさり、大きく目を見開いて犬を見つめました。

「だいじょうぶよ！」リリは大きな声で言いました。「わたしの犬よ。ボンサイっていうの。あなたのことが好きなのよ」

小さな人は立ち止まり、しっぽをゆっくりとふりました。「あいさつしたかっただけなのに」犬はほえました。「まあいいさ。それならおとなしく引っこんでるよ」ボンサイはリリのベッドの下に横になり、頭を低くすると前足の間からようすをうかがっていました。

チンパンジーはちょっと安心したようです。

「なんで……二つ？」チンパンジーはたずねました。

「どうして二つかって？」リリはみけんにしわをよせました。「どういう意味？」

　チンパンジーは不満そうに低いうなり声をあげました。うまく言いあらわせなくていらいらしているのでしょう。「犬。ボン……サイ。二つ」

「ああ、そういうことね！　どうしてボンサイに名前が二つあるのかってことね。つまりね。ボンサイは犬なの。犬っていうのは、あなたがチンパンジーでわたしが人間というのと同じこと。それとは別に、わたしたちにはそれぞれ名前がついているの。ほかの人や犬と区別するためにね」

「ぼくも……二つ？」

「あなたにも名前が二つあるかってこと？　自分の名前を知らないの？」

　小さなチンパンジーはだまっていました。

「それなら、わたしがつけてあげようか？」

「よかった」チンパンジーは首をたてにふりながら答えました。

　リリはいっしょうけんめいに名前を考えました。「アームストロングにするわ。あなたの腕（アーム）の力はとても強い（ストロング）からね」

「よかった」

「わたしはリリよ」

「リリ」

「そう、上手よ！」リリは笑いました。すると、残っていた青いリンゴが赤くなりました。


アームストロングはまたもや歯を出して、にたっと笑い、手をたたきました。リリは顔をこわばらせ、首を横にふりました。アームストロングのしぐさは、まったく動物らしくありません！　チンパンジーが笑うときは、グウグウという音や、ハアハアと息を切らしたような音を発しうれしそうな表情をしますが、歯を出してにたりと笑ったり、手をたたいたりすることはありません。それは、人間の笑い方です。アームストロングのしぐさは、リリにはなぞでした。奇妙に感じたことはそれだけではありません。アームストロングは、自分がチンパンジーであることも知りません。いったいどうしてそんなふうになってしまったのか、リ

リは不思議でした。仲間のいないところでひっそりとくらしていたのでしょうか？　そのせいでうまく話せないのでしょうか？

アームストロングはリリの机によじ登り、もごもごとしゃべりました。「ナナ？」そして、からになった果物のお皿のにおいをかいでいました。そのとき、アームストロングは積みあげられた本の間にあったチョコバーを見つけ、引っぱりだしました。それから、カラフルなつつみ紙を器用にむくと、中身をぺろりと平らげ、クックックッと満足そうに笑いました。リリはそのようすをびっくりしながら見守っていました。お菓子の袋を開けるのははじめてではなさそうです。野菜や果物は食べたことがなくても、チョコバーは食べたことがあるようです！

「おかしいなあ」リリはつぶやきました。

お菓子を知っているということは、このチンパンジーは動物園から逃げてきたのではありません。世界じゅうどこを探しても、チンパンジーにチョコバーを食べさせる動物園などありませんから！

さて、アームストロングはどこから来たのでしょうか？

このなぞを解いてくれるのは、この人しかいません。リリはすぐに、イザヤのけいたい電話に連絡しました。

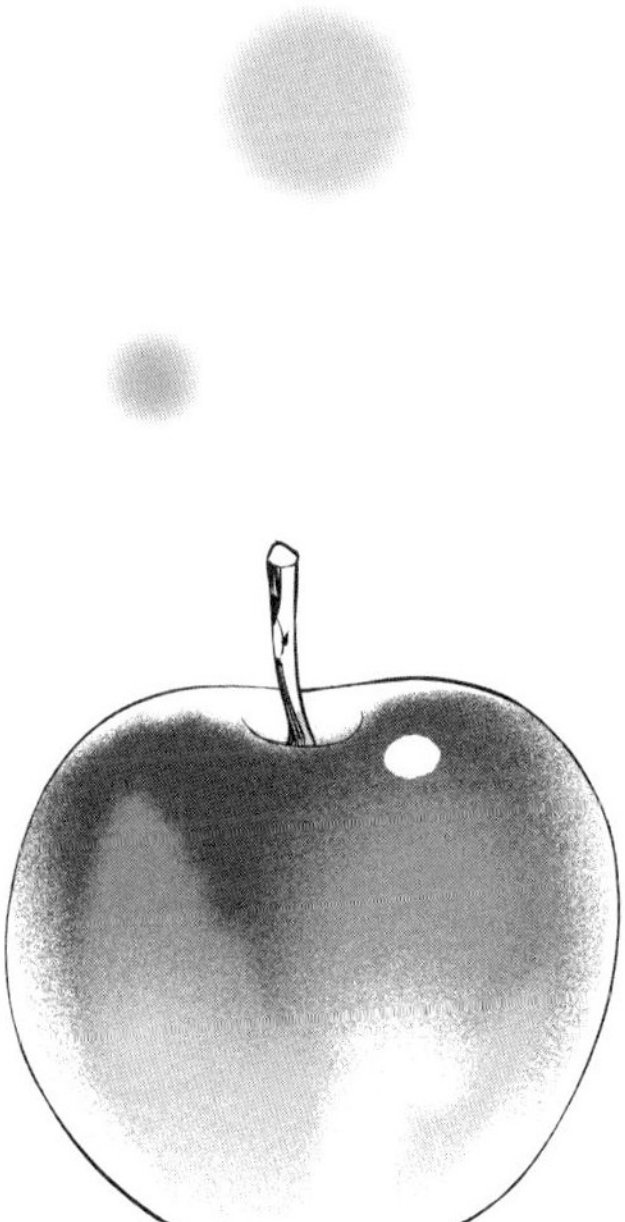

真夜中の大騒動

リリはイザヤに電話をすると、チンパンジーが部屋にいると伝えました。そして五分後、イザヤはスーゼウィンド家の玄関の前に立っていました。

「こっそりぬけだしてきちゃった。おじさんにばれていないといいんだけど」イザヤはささやきました。「チンパンジーはきみの部屋――」

そのときです。ガタガタ、ガッチャーン！　ワンワンワンワン！

「リリ！　モジャモジャ男が部屋をこわしちゃったよ！」

ふたりは階段をかけあがり、リリの部屋に飛びこみました。なんというありさまでしょう。細いガラスの棚がたおれ、床にはこなごなになったガラスと陶器の人形の破片が散らばっていました。

「モジャモジャ男が入れものの上でぴょんぴょんはねていたんだ」ボンサイはキャンキャンほえました。「勢いをつけすぎてたおれちゃったんだよ！」

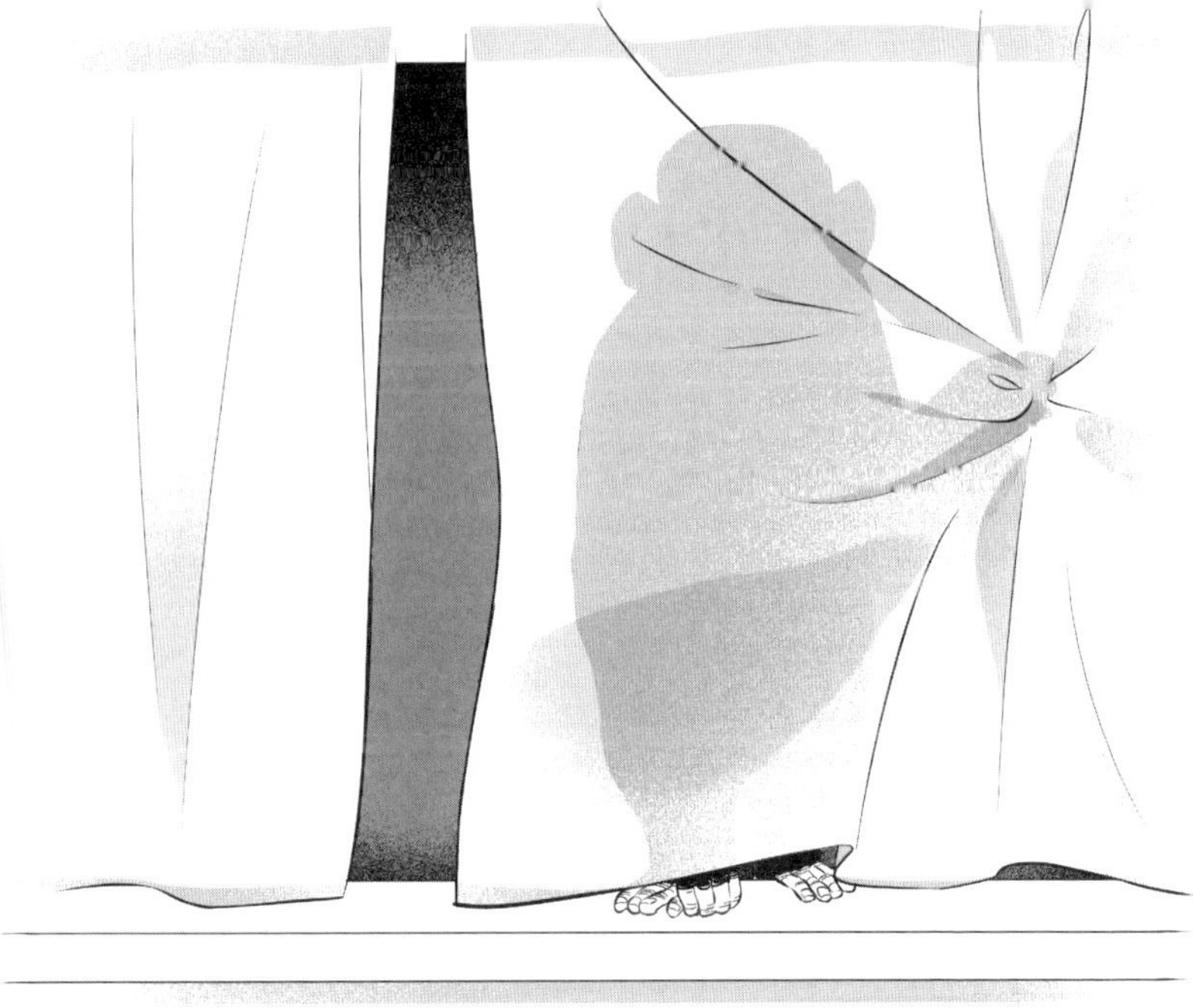

リリは、ガラスのかけらをふまないようにボンサイをだきあげると、部屋を見回しました。アームストロングは窓台にいました。カーテンのうしろにかくれていましたが、下から足がのぞいています。それから、おそるおそる顔を出してリリを見つめました。

「お願い……痛いの、いや」

「たたいたりしないから、安心して！」

ろうかから足音が聞こえてきたので、チンパンジーはあわててカーテンのうしろにかくれました。

「どうしたの？　すごい音がしたけど」

パパとママとおばあちゃんが部屋の入り口に立っていました。ママの髪の毛はぼさぼさで、パパは眠い目をこすり、おばあちゃんはあくびをしていました。けれども、さんたんたる光景を目にしたとたん、おとなたちの眠気は一気にふき飛んでしまいました。

「なんてことだい！」おばあちゃんが思わず言いました。

ママは目をとじると心の中で十まで数えてから言いました。「一つだけ教えてちょうだい。なにがあったの？」ママは、こわれた棚を頭でさしました。「それから、どうしてこんな時間にイザヤがいるの？　それに、どうして窓が開けっぱなしになっているのかしら？」

「質問の数は全部で三つもあります」イザヤがつぶやきました。

ママがイザヤをキッとにらみつけると、イザヤはからかったことを反省して、足元を見つめました。

「えっと……」リリは仕方なく白状することにしました。「公園に住んでいるチンパンジーのしわざなの。机の上にあったチョコバーを食べたのよ」

パパとママとおばあちゃんは、わけがわからずリリをじっと見つめました。

「もちろん果物とか、ほかにも体にいいものをあげたのよ」リリは説明しました。

けれどもイザヤの表情は、もっと上手に説明しないとわからないよ、と語っています。

「モジャモジャ男がやったんだ！」リリの腕の中でボンサイがほえました。けれども、だれもボンサイに注意を向けてくれません。

リリは考えこんでいました。「説明するより、見てもらったほうがいいわ」リリはカーテンのほうを向きました。「さあ、出ていらっしゃい」

なにもおこりません。すると、おばあちゃんがせきばらいをしました。「だれと話しているんだい？」

「さあ、おいで！」リリはカーテンに呼びかけると、カーテンがするりと横に動いて、チンパンジーが顔を出しました。チンパンジーは、おどおどしながらみん

なを見回しました。

「あらまあ！　サル！」ママがかん高い声をあげたので、アームストロングは驚いて身をすくめました。

「ママ、そんなに大きな声を出さないで！」リリは注意しました。「怖がっているじゃない」

「怖いのは、わたしのほうよ！」ママはさけびました。「家具はこわされるわ、じょうとうな床は傷つけられるわ、さんざんだわ！　ごらんなさいよ！　全部、このサルのしわざでしょ！」ママはリリの前に立ちはだかり、身ぶり手ぶりで怒りました。「ここはサルがいるところじゃないのよ！」

　すると、アームストロングがキャッキャとさけびました。「だめ！　女……どけ！」そして、とつぜんママに飛びかかりました。いなずまのようなスピードでママの肩によじ登ると、勢いよく髪を引っぱりました。「リリ、逃げろ！」

　ママはさけびましたが、リリは口をぽかんと開けて立ちつくしていました。それから、われに返ると大きな声で言いました。「やめて！」チンパンジーが手をはなしたので、ママはすかさずチンパンジーをはらい落としました。すると、アームストロングがキーキーと声をはりあげました。

「ガラスをふんじゃった！」リリはアームストロングの横にそっとひざまずきました。アームストロングは片足を持ちあげ、痛そうにしていました。

「助けてあげるわ」リリが言うと、アームストロングは足を出しました。大きなガラスのかけらが足のうらにささっていました。

「かわいそうに！　救急箱をとってくるよ！」パパは大きな声で言うと、姿を消しました。

「どうして飛びかかってきたのかしら？」ママが知りたがりました。

「わたしに危険がせまっていると思ったのよ」リリが答えました。

「どうしてそんなふうに思ったのかしら？　うちには危険なものなんてないのに！」

「ママを敵だと思ったのよ。ママの声は大きくて、威嚇しているように見えたんだわ。それに、おそいかかってくるみたいにわたしの前に立っていたでしょ」リリは小さな声で説明しながら、アームストロングの足にささったガラスの破片をぬきました。チンパンジーは小さな声でクークー鳴きました。

パパが救急箱を持ってもどってきました。「見せてごらん」

アームストロングはパパを見るとしりごみしたので、リリは説明しました。「心配しないで。パパが包帯を巻いてくれるわ」

パパがアームストロングの手当てを始めると、リリは立ちあがりました。ママはうなだれていました。

「ごめんなさいね」ママはつぶやきました。「サルの目には、わたしがあなたにおそいかかるようにうつったのでしょうね。また興奮しすぎちゃったわね」

リリは顔をしかめました。ママはときどきひどく興奮してしまうことがあり、自分でも気をつけるようにしていました。

「おととい、公園で見つけたの」そこで、リリはこれまでのできごとを一から順番にきちんと説明しました。「――それで、腕の力が強いからアームストロングという名前にしたの」

リリがうまく説明したので、イザヤはにこりと笑いました。

「でもね、ここにおいてやるわけにはいかないよ」おばあちゃんが言いました。「うちの中がめちゃくちゃにされちゃうからね。それに、チンパンジーには、チンパンジーにあった生活環境というものがあるんだよ」

パパもおばあちゃんと同じ考えです。「動物園に引きとってもらえれば、それがいちばんいいよ」

リリには、それがもっともいい方法かどうかはわかりませんでした。「動物園だと、アームストロングは仲間はずれにされてしまうような気がする。だって、あまり上手にしゃべれないんだもの！」リリはみけんにしわをよせました。「ほかのチンパンジーにいじめられたらかわいそうよ」

すると、イザヤが言いました。「ビネガー大佐なら、きっといい方法を知ってるよ」

それから数時間後。玄関のチャイムが鳴りました。リリとイザヤがドアを開けました。

「パン・トログロデュテスはどこです？」はく力のあるビネガー園長の声がひびきわたりました。

ビネガー園長はきびきびと三歩前へ出ると、家の中に入りました。園長は、とても背の高い女性で、いつも背すじをぴんとのばしているのでりっぱに見えます。園長の横にはフィンが立っていました。フィンは動物園の飼育係です。青い目の十八歳の青年は、くり色の髪をいつものようにポニーテールに結んでいました。

「パン・トロ……グロ……」リリはくり返そうとしました。

「パン・トログロデュテスっていうのはチンパンジーの学名、専門的な呼び方だよ」イザヤはリリに耳うちしました。

ビネガー園長は指をパチンと鳴らしました。「正解！　イザヤ・ストームワーグナー！　休みボケはしていないようね」

リリとイザヤは、数日前に海辺のバカンスからもどってきたばかりでした。

「はい、だいじょうぶです。頭はちゃんと働いています」イザヤは自分のおでこを軽くたたきました。

フィンは興味津々にたずねました。「チンパンジーが公園にいたんだって？」

リリはうなずきました。「いっしょに来て、上にいるわ」

みんなはリリの部屋に入りました。アームストロングはボンサイといっしょにベッドの上にすわっていました。小さな犬は鼻先をチンパンジーの脚にのせたまま、静かに寝息をたてていました。

四人が近づくと、とつぜんアームストロングがおきあがったので、ボンサイが目をさましました。「おいらの仲間をどうするの？　連れていっちゃうの？」ボンサイは寝ぼけまなこでたずねました。

「そうよ」リリは答えました。

「すばらしい」ビネガー園長はつぶやきながら、チンパンジーをじっくり観察していました。

アームストロングは、園長とフィンをおどおどしながら見つめていました。

「怖がらないで」リリはそっと伝えました。「この人たちがあなたを新しいうちに連れていってくれるのよ」

「うち？」アームストロングはうなるような声をあげました。

「たくさん食べものがあって、安心してくらせるところよ！」

チンパンジーは首を左右に動かしながら考えていました。「うち……ここ？」

「ちがうわ。残念だけど、ここにはおいてあげられないの」

「ここ……たくさん、ごはん。リリ。ボン……サイ。ここ……うち？」小さなチンパンジーは、期待するようにリリを見つめました。

リリの気分が重くなりました。「だめよ。ここではくらせないの」

ビネガー園長はチンパンジーにあゆみよりました。「この子は栄養の状態が悪いし体の毛にもつやがないわ。長いこと、仲間も飼い主もいない生活をしていたか、とてもひどいあつかいを受けていたのでしょう」園長はため息をつきました。

「ひとまず、ほかのチンパンジーとは別の檻に入れましょう。体力をしっかりつけてもらわないとね。世話はあなたにお願いするわ、フィン・ランドマン」

フィンはぴんと背すじをのばしました。「了解！」

「病気の検査もしなければなりません」園長はつづけました。「それからもう一つ、とても重要な仕事があります、リリアーネ」

リリは息を止めました。

「チンパンジーに言葉を教えなければなりません。この子は言葉があまりわからないと説明してくれたわね。それは心配だわ。言葉ができないと、仲間とうまくやっていけませんからね」園長はリリをきびしい表情で見つめました。「チンパンジーには、あなたの話す言葉はチンパンジー語に聞こえているのよね？」

リリはうなずきました。これはリリの能力です。リリが動物と話すとき、動物たちには人間の言葉ではなく、その動物の話す言葉と同じように聞こえています。ですから、アームストロングには、リリの声はチンパンジーの言葉に聞こえるのです。

「できるだけたくさん話しかけてちょうだい」園長はリリにお願いしました。「この子が群れに仲間入りできるようにね」

「はい。がんばります！」リリは園長に約束しました。リリは喜んでいました。アームストロングを助けてあげられるし、また動物園ですごせるようになるからです。しばらく動物園のお手伝いを休んでいたので、そろそろ動物たちにも会いたくなっていました。リリには仲よしの動物がたくさんいるのです。

ふたたび、玄関のチャイムが鳴りました。こんどはコルネリウスおじさんがドアの前に立っていました。

「イザヤ！　ここにいたのか！」おじさんはほっとしてさけびました。「ずいぶん探したんだぞ！」

イザヤはすまなそうに言いました。「えー……ここにいるって伝えるのをすっかりわすれてたよ。いろいろあったんだ。おととい公園で見つけたチンパンジーが、今、リリの部屋にいるんだ」

「チンパンジーだって?」コルネリウスおじさんは信じられないといったようすです。「くわしく聞かせてくれよ」

「それは、朝食をとりながらということで！」パパが出てきました。キッチンから、おいしそうなにおいがします。焼きたてのパン、スクランブルエッグ、パンケーキ、それにホットココアの香りです。「さあみなさん、どうぞめしあがってください」

ママとおばあちゃんも交え、みんなは大喜びで、テーブルいっぱいに並べられた食べものに、行儀よく手をのばしました。食事をしながら、イザヤは、チンパンジーを発見したときのようすをおじさんに報告していました。コルネリウスおじさんは熱心に耳をかたむけ、たくさん質問していました。そしておじさんは、笑いながらイザヤの背中をたたいて言いました。「子どもっていいなあ。わくわくどきどきするような体験がたくさんできるもんなあ。代わってくれないか？」

おじさんはワッハッハと大声で笑いました。

「えんりょするよ」イザヤはにこりと笑いました。「ぼくはね、今の自分に満足しているから」

新しいうち

ごうかな朝食をおえると、いよいよ動物園へ出発です。リリは、ボンサイといっしょに眠っていたアームストロングをおこし、手をつなぎました。アームストロングはけがをした足を少しばかり引きずっていましたが、リリにつづいて園長の車にのりこみました。ボンサイは、玄関のドアの前で見送りながら、ワンワンほえました。「またおいで、モジャモジャ同志!」

車の中で、チンパンジーはゴソゴソ動き回っていました。車が好きではないようです。やがて、動物園に到着しました。チンパンジーは車からおりると、息をはずませうれしそうにしていました。みんなは大きな門をくぐり、動物園に入りました。聞きなれた動物たちの声、美しい小道、にこにことあいさつをしてくれる飼育係たち。リリには自分の家にもどってきたように感じられました。

アームストロングはクンクンにおいをかぎ回り、耳をそばだてると、うなるような声をあげました。「なあに……？」さまざまな動物の声に混乱していました。

「たくさん……」

「そうよ。ここにはたくさんの動物がくらしているの。でも心配しなくていいわよ」

オオカミの檻の前を通りすぎたとき、チンパンジーはオオカミのボスを指さし、大声でさけびました。「犬！」

リリは笑いました。「あれはオオカミよ。オオカミはイヌ科の動物だからそっくりよね」リリはボスに手をふりました。「ハロー、ゾロ！」

オオカミは小走りで柵によってきました。「リリ！」オオカミはあいさつしました。「久しぶり。長いこと見かけなかったな」

「お休みしてたの。でも、これからまたちょくちょく顔を見せるわ」

オオカミは、リリの返事に満足し、頭を大きくうしろにそらすと、オーッと声をあげました。「リリがもどってきたぞ！　これでみんなそろったぞ！」

群れのオオカミたちもいっしょになって声をあげました。「みんなそろった！」

オオカミの美しい遠ぼえの合唱が動物園にひびきわたると、リリは尊敬されているような気分になっていました。

「ぐずぐずしない！」ビネガー園長が注意しました。

園長のするどい声に、リリは動物たちにあいさつをするより、もっと大切な仕事があることを思い出しました。リリとアームストロングはみんなに追いつくと、すぐにサル舎に入りました。

よく晴れた朝でした。チンパンジー、ゴリラ、オランウータンは、外の囲いですごしていました。屋内の檻には数頭のヒヒがいました。ヒヒは、リリに気づくとさわぎ始めました。「リリがもどってきたぞ！」大声をあげ、壁をトントンたたき、飛び回って喜びました。

さわぎに驚いたアームストロングはリリのうしろにかくれました。けれども、ヒヒたちにはしっかりと見られていました。

「おく病ものめ！」一頭のヒヒがキャッキャと声をあげました。「あいつはなん

だ？」
「弱虫さ！」別のヒヒがさけびました。「みすぼらしいやつだ！」

　ヒヒとチンパンジーはサルの仲間ですから、話す言葉はとても似ています。でも、アームストロングがヒヒの会話をどれくらい理解したのか、リリにはわかりません。アームストロングはリリの脚の間からようすをうかがっていましたが、ヒヒがじろじろ見ていることに気づき、あわてて体を引きました。

　リリはヒヒには目もくれず、檻の前をさっと通りすぎました。

「ここが空いているわ」ビネガー園長は感じのいい檻の前で立ち止まりました。

　つる植物が生え、ハンモックや思わず登りたくなるような太い木があります。大きなガラスの壁ごしに、サル舎のほかの動物や、外のようすがながめられるようになっていました。

「ついていらっしゃい！」園長は指示すると、檻のドアを開けました。みんなは園長につづいて中に入りました。アームストロングはきょろきょろしていました。

かくれる場所を探しているようです。

「安心して。だれもなにもしないわ」リリはアームストロングの肩に手をおきました。「ほかの人は入ってこないから、心配しないで」

アームストロングはリリの言うことに、いっしょうけんめい耳をかたむけていました。それから、用心深く木の幹とつる植物のにおいをクンクンかぐと、ハンモックによじ登りました。そして、警戒しながら新しいなわばりをすみずみまで調べおえると、床をたたきながらたずねました。「うち？」

リリはほほ笑みました。「そうよ。ここがあなたの新しいおうちよ」

「いいね」アームストロングはもういちど床をたたきました。

外の囲いに面したガラスの壁の向こう側で、なにかが動きました。アームストロングは外を見ました。ガラス越しに、二頭のチンパンジーがすわっています。

イザヤは驚いていました。「あんなところにチンパンジーがいる」

「チンパンジーの飼育舎はとても広いんだよ」フィンが説明しました。「いつかア

ームストロングが加わる群れの仲間と、ガラス越しに観察しあえるんだよ。こうすれば、だんだんと慣れていかれるからね」

　リリはアームストロングをじっと見つめていました。小さなチンパンジーは凍りついたように身動きせずに、窓の向こうの生きものを見つめています。やがて、二頭のチンパンジーを指さし、たずねました。「だれ？」

「あれはサルの仲間、チンパンジーよ……」リリはやさしい声で答えました。「あなたの仲間よ」

「仲間？」アームストロングは胸を軽くたたきました。

　外にいるチンパンジーは新しい仲間に興味津々です。二頭でなにやら話し合っていましたが、厚いガラスにはばまれて、話し声が聞こえません。ヒヒのように、アームストロングのことをバカにしていなければいいのですが……。けれども、チンパンジーのようすからすると、アームストロングは歓迎されているようです。二頭のうち、一頭はメスのチンパンジーでチキトンバといいます。もう一頭は、群れのリーダー、オリバーです。とても体が大きく、力も強く、大きな声を出すので、みんなからキング・オリと呼ばれています。

「仲間たちは、あなたに興味があるのよ」リリは説明しましたが、アームストロングはおずおずとリリのうしろにかくれました。キング・オリとチキトンバに見つめられ、怖くなってしまったようです。リリは考えこんでいました。

「かくれる場所があるといいんですけど」リリは園長にそっと伝えました。「仲間のチンパンジーやお客さんにじろじろ見られるのが好きではないみたいです」

ビネガー園長は右のまゆを高くあげました。「それは大切なアドバイスですよ、スーゼウィンド」園長は手をうしろに組みました。「シーツをあげましょう！シーツの下にもぐれば、いつでも体をかくせますからね」園長はパチンと指を鳴らしました。「フィン・ランドマン、シーツを一枚持ってきてちょうだい。それと、もっとちゃんとした食べものを用意してちょうだい。ここにあるバナナはまだ青いじゃない！」

「ただちに持ってまいります、大佐……じゃなくて、ビネガー園長」フィンは顔を真っ赤にさせて、その場をあとにしました。

ビネガー園長は、つづけて言いました。「さて、これから別の用事をすませなければなりません。ふたりでチンパンジーの面倒を見られるかしら？」

「はい！」リリとイザヤは答えました。そして、園長は別れを告げると、さっそうと歩いていきました。

アームストロングは、檻のすみにおいてあるバナナの房を見つけ、足を引きずりながら近づいていきました。そして、バナナのにおいをかぎ、調べるように指でつつくと、不満そうな顔をしました。

「ナナ！　かたい！」チンパンジーはバナナを一本もいで、リリにさしだしました。

「ねえ……ナナ……やわらかい！」

リリはほほ笑みながらうなずくと、バナナを受けとりました。アームストロングがあまりにもかわいらしいので、リリがほほ笑んだだけでバナナはあっというまに黄色くなりました。

イザヤは感心して口笛をふきました。チンパンジーも、にたっと笑いながら手をたたくと、うれたバナナをさっとつかみ、二つに折って、なすりつけるように口の中に入れました。

そのとき、イザヤが言いました。「ちょうどいいチャンスだよ。どこから来たのか、どうして公園にいたのか、たずねてみれば？」

チンパンジーはバナナの皮をなめると口に入れ、もぐもぐかみながらうたがわしそうな表情をしました。リリはにこにこしながら、チンパンジーがバナナの皮を食べるようすを見守っていました。そして、ひたいにかかった髪をプッとふき飛ばしました。

「わからないわ。アームストロングに説明できるかしら。でも、聞いてみるね」

リリは小さなチンパンジーの横にこしをおろしました。「ねえ、今までどこでくらしていたの？　教えてくれる？」

チンパンジーは、しばらく考えこんでいましたが、バナナの皮をぐいっとのみこみ、答えました。「木、たくさん。穴……木の中。ぼく……出てきた」

リリは、身ぶり手ぶりで伝えようとしているアームストロングをじっくり観察しました。「公園の木の穴にかくれていたのね？」鳥たちにも見つけられなかった理由がわかりました！「公園に来る前はどこにいたの？」

アームストロングは、体を前後にゆすっていました。「箱。暗い。ぼく……怖い」

「どんな箱？　暗い檻の中にとじこめられていたの？」

アームストロングは、さらに速く体をゆすりました。怖かったことを思い出しているようです。「たまに……ぼく、外……男と。男、ごはん持ってた」

「どんな男の人？」

「男……大きい。箱……小さい」チンパンジーは、ハアハアと苦しそうに呼吸していました。「外……家……まわり、水」

「家のまわりに川があったの？　それとも池かしら？」

アームストロングはふるえていました。

「動物。たくさん。みんなも……怖い」

「ほかにも動物がいたのね？　別の檻に入れられていたの？」

「動物……毛がない」

「毛のない動物？」

「足、たくさん……足、ない」アームストロングは答えました。すると、とつぜん立ちあがり、足を引きずりながら植物に近づき、つるを登っていきました。もうたくさんといったようすです。リリはとまどいながらアームストロングを見つめていました。質問しすぎて苦しめてしまったのでしょうか？

「なんて言ってた？」イザヤがたずねました。

「アームストロングは、せまくて暗い檻にとじこめられて、めったに外に出してもらえず、えさもあまりもらえなかったのだと思う」リリはチンパンジーの話をまとめました。「その家は、川か池のようなものに囲まれていて、ほかの動物もせまい檻に入れられていたみたい」

「どんな動物？」

「それはむずかしいわ」リリは下くちびるをかみました。「足のたくさんある動物と、足のない動物。うーん……」

「クモとヘビかな？」

リリはひたいをパシッとたたきました。「そうよ！　まちがいないわ！」イザヤの頭はリリよりもはるかにいいのです。

「ナメクジやミミズ、青虫かもしれない。ムカデやアリということも考えられる！」イザヤは声に出しながら考えていました。「足のない生きもの、足のたくさんある生きものはいくらでもいるよ。でも、檻の中にとじこめておけるということは、そこそこ大きいということだ」イザヤは頭のうしろをポリポリかきました。「今の話をもういちどよく考えてみるよ。すべてがつながるようにね」

そこへ、フィンがもどってきました。「どんな具合かな？」フィンは、えさの入った大きなボウルを床におきながらたずねました。

「さっきよりはしゃべるようになったわ。でも、いろいろ聞きだすのはむずかしいの」リリは答えました。

「シーツを持ってきたよ」フィンは大きな白い布を床に広げました。けれどもア

ームストロングはおりてきませんでした。

「シーツの下にかくれられるわよ」リリは呼びかけましたが、チンパンジーは動きませんでした。「新しい場所に慣れるのに、時間がかかるんだと思う」

リリは、自分のせいでチンパンジーを悩ませてしまったことに、うしろめたさを感じていました。「きょうはこれくらいにして、あした、また来るわね。それでいいかしら？」

「もちろんさ」フィンは答えました。「毎日きみの顔が見られれば、アームストロングにとってもいいからね」

リリはうなずきました。「それじゃあ、帰る前に、みんなに会いに、園内を一回りしようよ」リリは胸をおどらせながらイザヤをさそいました。

友だちと敵

リリとイザヤはゾウ舎をのぞき、母ゾウのマルタと小さな息子のロニーが元気なのを確かめると、猛獣コーナーに向かいました。ほこり高いライオンのシャンカルと賢いトラのサミラは、とてもすてきな囲いでいっしょにくらしています。どうしてでしょうか？　それは、ライオンとトラが恋をしていたからです！　リリは二頭に会いたくてうずうずしていました。

リリとイザヤが広い囲いの前まで来ると、シャンカルとサミラはすぐに気がつき、声をあげながら走ってきました。

「リリ！　やっともどってきたね！」二頭はうれしそうに飛びはねると、柵の間に鼻づらをおしつけました。リリはにっこりほほ笑み、トフの体をなでました。サミラは長い舌でリリの手をぺろりとなめました。こんなことができるのも、まだ開園時間になっていないからです。

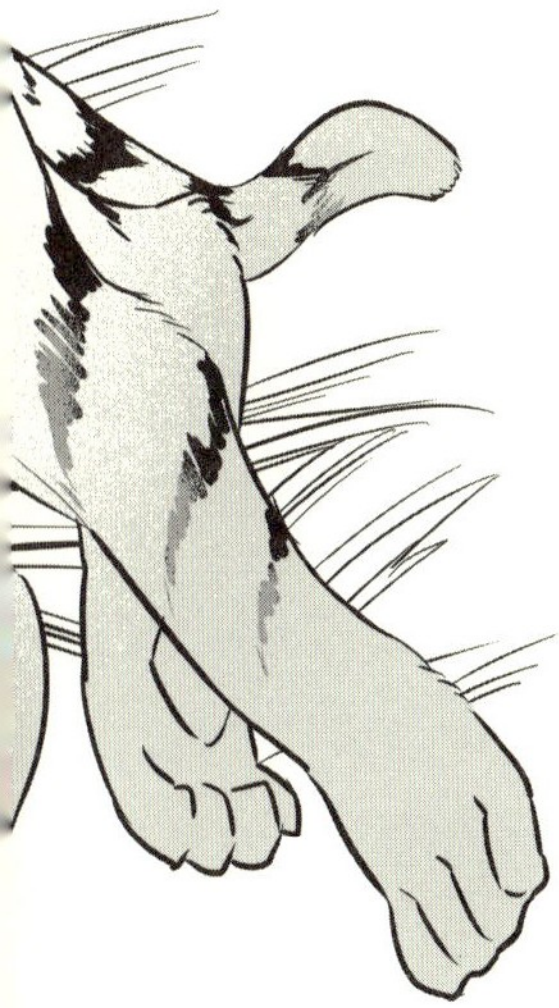

サミラはリリの手をなめおわると、低い声でひそひそ話しました。「リリ、お知らせすることがあるの」

「どんなこと？」

シャンカルは気どったポーズをとってみせました。「すごいことがもうじきおこるんだ！」

風がライオンのふさふさのたてがみをなでたとき、リリは、シャンカルはやっぱり世界でいちばん美しい動物だ、と思いました。さて、シャンカルはなにを伝えようとしているのでしょうか？

ライオンはほこらしげに発表しました。「おれは父親になるんだ！」

「サミラ、赤ちゃんが生まれるの？」リリがさけぶと、イザヤもぱっと顔をかがやかせました。

シャンカルは胸をふくらませました。「世界最強、最速のライオン男児が誕生する！」

サミラはやさしくたしなめるような表情でシャンカルを見つめました。

「赤ちゃんは、半分はライオンだけど、半分はトラ。ライガーよ。それに、女の子かもしれないじゃない」リリも不満そうに言いました。

ライオンはリリの文句を聞

き流しました。「シャンカル・ジュニアは無敵のライオンだ！」そして、目に見えない相手と戦っているかのように、前足をビシッビシッと鞭のようにふりました。「いくぞ！　えい、やっ！」

リリは笑いました。「きっと、スーパーライガーになるわね！」

リリとイザヤはしばらく檻の横にすわり、リリはライオンとトラに八月のバカンスで体験した〝イルカの事件〟を語り聞かせました。どんなに頭を働かせても、ライオンとトラには〝イルカ〟がどんな動物かは想像できませんでした。けれども、二頭はリリの話に引きこまれていました。やがて、リリとイザヤはトラとライオンに別れを告げると、となりの檻をのぞきました。そこには、気位の高いヒョウ、フェオドールがいます。

「これは、おめずらしい！」はんてんもようの上品なヒョウは、ふたりが檻の前に立ったとたんに、気むずかしそうにあいさつしました。フェオドールはお気に入りの木の枝に横たわり、だらりとたらしたしっぽをゆらゆらさせたまま、おりてこようとはしませんでした。「ずいぶん長いこと、おたずねくださらなかったですな、スーゼウィンド嬢」

「そうですね。おゆるしください」リリは礼儀正しくあやまりました。ヒョウはごきげんななめのようです。リリは笑いをこらえていました。フェオドールとシユミット伯爵夫人には、なんてたくさんの共通点があるのでしょう！　以前、シユミット伯爵夫人が動物園を訪れたとき、ヒョウと猫の気が合っていたのも、不思議なことではありません。

「お元気でしたか？」リリはたずねました。

「たいくつだね」リリはこの言葉をヒョウになんども聞かされています。ヒョウは片目だけ開けて、たいくつしているようすを印象づけようとしました。「チャーミングなゴロニャンレディーにお目にかかりたいのだが、とりはからってもらえないだろうか？」

　リリは、ヒョウからいつかこのようなことをたずねられるだろうと予想してい

ました。「シュミット伯爵夫人にお願いしてみます」

「すばらしい」フェオドールは両目をとじました。「さてと、休むとしよう。ここを去るときには、できるだけ音をたてないようにしてくれたまえ」

リリとイザヤは追いはらわれてしまいました。動物園の開園時間まで、まだ三十分あります。そこでリリは、勇敢なカワウソ、キャプテン・カルーソと妻のウルゼルを訪れることにしました。ふたりがカワウソの囲いを目ざして進んでいると、イザヤがリリのわき腹をつつきました。前方から、シャベルとバケツを持った少女が歩いてきます。背の高い、金髪をポニーテールに結んだそばかす顔の少女です。少女の横で、フィンが手おし車をおしていました。

少女はリリとイザヤに気がつくと、地面にペッとつばをはきました。四人はカワウソの囲いの前で立ち止まりました。

イザヤは気がぬけたような声で言いました。「ハロー、トリクシィ」

リリはぶつぶつと小さな声を出しました。「ん……」

トリクシィ・エラーは、リリがもっとも苦手としている同級生です。トリクシィにはなんどもひどい目にあわされてきました。とても危険なこともされました。トリクシィと、そのとき動物園で働いていた姉のトリーナは、コブラを飼育ケースから出し、リリとイザヤをは虫類館にとじこめたのです！　運のいいことに、だれもけがはしませんでしたが、あまりにもひどいい

たずらに腹を立てたビネガー園長は、トリーナには仕事をやめてもらい、トリクシィには、半年間、動物園で檻のそうじをさせるという罰を与えました。そして、動物園の中でいたずらできないように、トリクシィにはいつも飼育係がつきそうことになっていました。きょうは、フィンが当番のようです。

トリクシィはリリをにらみつけると、うなるように言いました。「ハロー、おバカさん！」トリクシィはバケツの柄をぎゅっとにぎりしめ、もむように指を動かしていました。

すると、きびしい口調でフィンが言いました。「もういちどリリにそんな口をきいたら、アザラシのプールそうじをしてもらうからね。おわるまで帰らせないよ」

トリクシィはうす笑いをうかべ、さりげなくカワウソのプールを囲むガラスの壁によりかかりました。けれども、フィンに怖い顔でにらみつけられると、フィンが本気だということに気づきました。

「警告！」とつぜん、カワウソがさけびました。「黄色人間が来た！　警報！」キャプテン・カルーソは巣穴の前ではね回っていました。

「おい、おまえ、気をつけろ！　しっかりかくれるんだ！」

ウルゼルが巣穴から飛びだしてきました。「おやまあ！」ウルゼルはピーピー声をあげました。「そこの黄色人間！　とっととあっちへおいき！」

「こりゃ、たいへんだ！」キャプテン・カルーソはさけびました。「潜水だ！　水にもぐれ！」

ウルゼルがプールに向かって走りだすと、カルーソがあとにつづきました。

「待って！」リリはさけぶと囲いの壁に近づきました。「逃げないで」

とつぜん、ウルゼルが立ち止まりました。すると、キャプテン・カルーソはウルゼルに追突し、二匹は転んでしまいました。

「カワウソ人間少女だ！」カルーソはピーピー声をあげると立ちあがりました。

「おやまあ！　なんてこった！　夢じゃないよな？」

「そうよ、わたしよ。この黄色人間……じゃなくて……この子は、もう悪さしないからだいじょうぶよ。約束するわ」リリは警告するようにトリクシィをにらみつけました。

カルーソとウルゼルがリリに近よってきました。「ほんとうに、なにもしない？」キャプテン・カルーソは、トリクシィにいじめられたことがあるので、警戒していました。

リリはトリクシィの目をしっかりと見つめながらカワウソに答えました。「あなたたちに手を出そうものなら、わたしがほうっておかないわ」

トリクシィがバカにしたように首を横にふると、金髪のポニーテールが左右にゆれました。

「ぼくもだ」イザヤもおどかすように言いました。

「ぼくもだ」フィンもあとおししてくれました。

トリクシィは顔を曇らせました。今回は、分が悪そうです。

「さあ、キリン舎のそうじをしないと」トリクシィはフィンにそっけなく言い、その場からはなれようとしました。

「そうだね、さあ行こう」フィンはトリクシィをおし、通りすがりにリリに耳うちしました。「しっかり見張っているからね。だいじょうぶだよ」

トリクシィの姿が視界から消えると、リリはほっと息をはきだしました。

「ふたりとも元気にしてた？」リリはカワウソにたずねると、イザヤと囲いの前にこしをおろしました。そして、開園時間になるまで、カワウソたちの小話に耳をかたむけました。

大富豪の屋敷

次の朝。リリは猫のひげにくすぐられて目をさましました。

「スーゼウィンド嬢、うたた寝をしている場合ではございません」シュミット伯爵夫人が、リリのまくら元で鳴きました。

ボンサイは、しっぽをふりながら猫のとなりにうずくまると、ウォッとほえました。「どうしたの?」

それはリリが聞きたいことです。リリは寝ぼけまなこでおきあがりました。開けはなたれた窓から入ってきた猫の表情はしんけんです。「お知らせしたいことがございます。わたくしの使用人が、さきほどから夢中になって、こちらの窓に向けてなにやら投げつけておりますわよ。あなたの気を引こうとしているのだと思いますけど」猫は説明しました。「使用人のとほうにくれたようすを、だまって見ているわけにもいかず、お知らせにまいりました」猫は前足でひげをなでました。「このさいですからもうしあげておきますが、あの使用人は、相対的に、能力がかたよっていますわね。それにひきかえ、新しい〝缶切り〟のほうは応用力があるともうしますか、使い道が広くて便利ですわ」

「新しい缶切りってなんですか？」リリはたずねました。

「新しい使用人ですわよ。新人は、日の出、日の入りの時間になると、きちんとお食事の缶づめを開けてくれますのよ。ごりっぱですわ」

「イザヤのおじさんのことですね？」

「わたくし、新人の仕事ぶりにはとても満足しておりますのよ。ですから、とびきりじょうとうなネズミをプレゼントいたしましたの」猫はうっとりしながら、しっぽでまくらをポンポンたたきました。「新人ときたら、わたくしの小さな心づかいに、とても礼儀正しく応じてくれましたわ」

「ネズミを食べちゃったとか？」リリはコルネリウスおじさんがネズミを食べるところを想像して、クスクス笑いました。

「まちがいございませんわね」

「え？」

「ネズミを上着のポケットにかくしていましたもの。ひとりでゆっくり食べられる場所を探していたんですわ」

リリは、おじさんがネズミを食べたとは思いませんでした。けれども、ポケットにネズミを入れたのは、奇妙です。そのとき、リリの足に小石が当たりました。

「いてっ！」

つづいてもう一つ飛んできました。床にはいくつか小石が転がっていました。空がようやく白み始めたところでした。リリが窓から顔を出すと、リンゴの木の下にイザヤが立っていました。これは、外に出てきてほしいという合図です。リリは着がえると、そっと家をぬけだしました。動物たちもペタペタ足音をたてながら、リリのあとにつづきました。

イザヤとリリは、庭のすみの茂みに行きました。ここは、ふたりが大切なことを話し合うひみつの場所です。

「調べたよ」イザヤは前置きもなく話し始めました。

ふたりが地べたにあぐらをかいてすわると、シュミット伯爵夫人もえらそうにリリの前にこしをおろしました。

「ちょうど予定があいておりますから、背中のマッサージでもさせてあげますわよ」猫は気前よく言いました。

リリは笑いました。すると、リリの横で小さなつぼみがふくらみ始め、みるみるうちにかがやくような赤いシャクナゲの花が開きました。リリはシュミット伯爵夫人をそっとなでながら、イザヤの話に耳をかたむけました。

「あれから、アームストロングの話に当てはまりそうな家を探してみたんだ。池や堀に囲まれた家は、この町にはたった一軒しか存在しないことがわかったよ」

「どうやって調べたの？」

「インターネットで航空写真を見たんだ。空から見れば、町のようすがよくわかる」

「どんな家なの？」

「町外れにある大きな屋敷さ。マグヌス・オブスクラという大富豪の家だよ。インターネットにはオブスクラのことも書いてあった。引きこもった生活をしているらしいよ」

「マグヌス・オブスクラね。聞いたことないわ」リリはシュミット伯爵夫人をなでながら考えていました。「アームストロングは、そのお屋敷から逃げてきたのかしら？」

「考えられるな。アームストロングが伝えてくれたようすからすると、ひみつの実験室があるのかもしれない」

　リリは体をこわばらせました。「動物実験をやってるの？」

「しっかり手を動かしてちょうだい！」リリが手を止めたので、猫は文句を言いました。リリがあわてて手を動かし始めると、シュミット伯爵夫人は満足そうにのどをゴロゴロ鳴らしました。

イザヤは手を上下にひらひら動かし、リリをなだめようとしました。「ただの想像だよ。いちどこの家を近くから見てみよう。なにかわかるかもしれない」

リリは賛成しました。

それからまもなく、ふたりは自転車で大富豪マグヌス・オブスクラの屋敷に向けて出発しました。

リリとイザヤは自転車を走らせ、やがて町の外れまでやってきました。畑の中にえんえんとつづく小道を走っているうちに、リリは心配になってきました。こんなところに家があるのだろうか……。すると、カーブにさしかかったところで、とつぜんりっぱな建物があらわれました。とてもモダンな、平らな屋根の白い家で、高くて白い壁に囲まれていました。高い場所から、壁の内側のようすが見え、建物が水をはった堀に囲まれているのがわかりました。不思議なことに、堀には橋が一本もかかっていません。

ふたりは木のうしろに自転車をかくすと、身を低くして、茂みにかくれながら

屋敷に近づきました。草むらでコオロギがコロコロ鳴いているだけで、あたりはしんと静まり返っていました。

両開きの白い高い門が、たった一つの出入り口のようです。リリがおもしろがって門に近づこうとしたので、イザヤがあわてて引っぱりました。

「危ない！　監視カメラがあるかもしれない！」イザヤはささやきました。「気をつけないと、だれかに見られているかもしれ

ないよ」

リリの脈が速くうち始めました。これは遊びではないのです。とつぜん、リリは自覚しました。この屋敷の中で、ほんとうに動物実験がおこなわれているとしたら？　ふたりがつかまったら、どうなってしまうのでしょうか？

「この家には警報装置がついているよ」イザヤはささやきました。「まちがいない――」その瞬間、イザヤは目をむきました。

「どうしたの？　見つかっちゃったの？」リリはきょろきょろしました。

イザヤは首を横にふると、あせったように言いました。「もどろう！」

「でも、まだちゃんと見ていないじゃない！」

「きみは残ればいいさ。ぼくは帰るよ」

リリはわけがわからずイザヤを見つめました。いったいどうしてしまったのでしょうか？　なぞ解きをしようとしていたのに！　さっさと帰ろうだなんて、まったくイザヤらしくありません。けれどもイザヤは考えを変えようとしません。

そっけない態度でドシドシ歩いていくと、自転車にまたがりました。リリはとまどいながらイザヤを追いかけました。

その日の午後。リリはふたたび動物園を訪れました。でも、イザヤはいません。考えたいことがあるというのです。リリはとまどっていました。イザヤはどうしてしまったのでしょうか？　いつかはうちあけてくれることを信じて、今はそっとしておくことにしました。ふたりはいつでも、どんなことでも語り合っているのですから！

リリは動物園に着くと、真っ先にサル舎に向かいました。アームストロングのようすを知りたくてうずうずしていたのです。リリは、ヒヒとオランウータンから大歓迎を受けましたが、さっとあいさつをすると、そのまま通りすぎました。そしてアームストロングの檻の前に立つと……チンパンジーの姿が見えません！檻のすみに、こんもりとした白い布の小さな山があります。リリはそれを見てほほ笑みました。

檻の前から見学者がいなくなるまで、リリはじっと待っていました。そして、だれもいなくなると、カギを開けて檻の中に入り、盛りあがった布の前にひざまずきました。リリがシーツのはしをそっと引っぱると、小さな頭が出てきました。

「ハロー」リリはささやきました。

「リリ……来た」アームストロングはグルグルと声を出し、リリの腕に頭をこすりつけました。足にはまだ包帯が巻いてありました。

きょうも、ガラスの壁の向こう側ではキング・オリとチキトンバがすわっています。小さなチンパンジーがなにをしているのか、興味津々に見守っているのです。

「あのチンパンジーたちは、あなたと仲よくしたいのよ」リリは言いました。

すると、アームストロングは手をあげて、キング・オリとチキトンバに手をふり、人間のように歯を見せてにっと笑いました。「ハロー……パンジー！」アー

ムストロングは大きな声であいさつしました。

そんなアームストロングの姿はとても奇妙です。リリは不安になってきました。手をふり、歯を見せてあいさつするサルはいません。アームストロングのしぐさは、まったくチンパンジーらしくありません。

キング・オリとチキトンバは、ぎょっとしていました。アームストロングがどうして手をふっているのか考えているようです。それに、歯を見せるのは、喜びや友情をあらわす意味ではありません。

そのとき、うしろでガラスの壁をコンコンとたたく音がしました。リリがふり返ると、コルネリウスおじさんが立っていました！　リリは立ちあがり檻を出ようとすると、チンパンジーはシーツの下にもぐりこみました。

「ハイ、リリ！」コルネリウスおじさんは、ドアにカギをかけるリリに声をかけました。「公園で見つけたチンパンジーって、これかい？」

リリは引きつった表情でうなずきました。リリがここでなにをしているのか、どうやって説明したらいいのでしょうか？　おじさんは、リリが動物と話せることを知りません！　リリのママは、コルネリウスおじさんにひみつを話すことにだんことして反対しています。イザヤの両親が中国からもどってくれば、ストームワーグナー家からいなくなるので、おじさんにわざわざうちあける意味がない、と考えているのです。

リリが気まずそうにしているのに気づいたおじさんは、ウィンクをしてリリを安心させようとしました。「いちどそのチンパンジーを見てみたいと思ったんだ。

はらはら、どきどきするような話だったからね」すると、おじさんは真顔になりました。「リリ、ところで檻の中でなにをしていたんだい？」

リリはくちびるをかみました。「えっと……わたし、ここで働いているんです」

リリにはうそがつけませんでした。

「働いている？」おじさんは笑いました。「飼育係になるには早すぎるんじゃないか？」

「飼育係ではありません」

「ちがうの？　では、なにをしているの？」

リリはどう答えようか必死になって考えていました。イザヤなら、機転をきかせて上手な言いわけを考えてくれることでしょう。けれども今は、イザヤの助けを借りずにひとりできりぬけなければなりません。「わたし、動物通訳なんです」

「え、なんだって？」おじさんは大声で笑いました。

「わたし、動物と話せるんです」

おじさんはリリをじっと見つめていました。「冗談だよね？」

「いいえ、ほんとうです。わたしは動物のしゃべっていることがわかるし、動物にもわたしのしゃべることがわかるんです。だから、チンパンジーにも、どこから来たのかとか、どこに住んでいたのかとか、いろいろたずねていたんです」

「驚いたな」コルネリウスおじさんの表情が、さらにしんけんになりました。「きみの犬とイザヤの猫がどうしてあんなふうな行動をとるのか不思議だったんだ。これでわかったよ」おじさんはほほ笑みました。「リリ、きみにはとてもすばらしい才能があるんだね」

リリはきんちょうして、手の指をからませました。「このことは、ほんのわずかな人しか知らないんです……」リリはうったえるような表情でおじさんを見つめました。

「わかってるよ」おじさんがにこりとすると、目元に笑いじわができました。「心配しなくていいよ。ぼくのとりえは口がかたいことさ。ひみつは守るよ」そして、

おじさんはリリをぎゅっとだきしめました。リリは、おじさんがひみつをもらさないと約束してくれたので、うれしくなってほほ笑み返しました。

「それじゃあ、ぼくはもう行かないと」おじさんは、時計を見ながら言いました。

「チンパンジーはどのみち見られないしね」

アームストロングはあいかわらずシーツの下にかくれていました。

コルネリウスおじさんに別れを告げると、リリはうしろから大きな声で呼びかけられました。「ハロー、おバカさん！」

勢いよくふり向くと、目の前にはトリクシィがたったひとりで立っていました。

オオカミ

「ここでなにしているの？」リリはびっくりしてたずねました。「ひとりで歩き回ってはいけないんでしょ！」

トリクシィは脚を広げて立っていました。「きょうは飼育係が三人も休みなの。わたしをずっと監視するには人手が足りないのよ。大佐もあわれよね」トリクシィはにやりと笑いました。「大佐には、悪さしないって約束させられたわ」トリクシィの顔に不気味な笑みが広がりました。「どっちみちそんなこと、しやしないけど」

リリはとてもきんちょうし、赤い髪を人さし指に巻きつけました。

「怖いの？」頭一つ分背の高いトリクシィは、あざけるようにリリを見下ろしました。

「怖くなんかない！」リリは言いました。

「それはけっこうなことね」トリクシィは笑いました。「それじゃあ、これからあんたのお気に入りのサルの檻をきれいにしようかしらね」トリクシィは檻のほうを向きました。

「勝手に入ってもいいの？」リリは心配になってたずねました。

「あたりまえじゃない。だれかがそうじをしないとね。それに、自分のがあるし」トリクシィは胸のポケットからカギをとりだし、勝ちほこったようにリリの鼻先でふってみせました。リリは驚きました。園長が、トリクシィにカギをあずけていたのです！

「それじゃあ始めようかしらね」トリクシィはアームストロングの檻を開けると床をはき始めました。楽しげに、口笛までふいています。

「ヘイ！　おれたちのことは、ぜんぜんかまってくれないんだな！」となりの檻から、一頭のゴリラが不満そうにうなり声をあげました。

　リリはもうしわけなさそうにゴリラを見ました。「ごめんね。いろいろあって時間がないのよ」リリはガラスの壁の向こうにいるゴリラに大声で呼びかけました。リリははじめて動物園を訪れたときに、このゴリラと友だちになりました。ゴリラが悲しそうな表情で見つめるので、リリの心が痛みました。リリは急いでゴリラの元へ行くと、ガラスに手をおしつけました。ゴリラはうれしそうな声を出し、巨大な手の平をリリの手の平とガラス越しに合わせました。リリとゴリラは、いつもこのようにあいさつしています。

「中に入っておいでよ。シラミをとってあげるよ！」ゴリラはリリの赤い髪をながめながら、低い声で言いました。

「ううん。残念だけど、そんなに時間がないの」リリは答えました。「あっちを見ていないと……」リリは頭でアームストロングの檻をさしました。そのとき、檻のドアが開けはなたれていることに気がつきました！　頭がくらくらしてきました。トリクシィはどこにいるのでしょうか？

　リリはあわててガラスから手をはなし、アームストロングの檻にかけこみました。トリクシィも小さなチンパンジーもいません！　白いシーツが床に一枚あるだけです。

「そんな！　バカ、バカ、バカ！」リリは自分のほおをたたきたい気分でした。もっときちんと見張っていなければならなかったのです。そのとき、キング・オリとチキトンバが興奮しながら、ガラスの壁の向こうでぴょんぴょんはね回っているのに気がつきました。二頭のチンパンジーは、なにやらリリに伝えようとしています。リリはガラスの壁に耳をおしつけましたが、壁が厚すぎて、聞こえません。けれども、二頭のチンパンジーは指をさして示しています。そして、その方向を見ると……。リリの心臓が止まりそうになりました。オオカミの檻の中で、リーダーのゾロと仲間が、足に白い包帯を巻いた小さなものをとり囲んでいます。アームストロングです！　オオカミがアームストロングにおそいかかろうとしています！

小さなチンパンジーは恐怖のあまり、キーキー声をあげ、必死になって茂みの間にかくれようとしていました。けれども、オオカミたちはチンパンジーにしっかりとねらいをつけ、きばをむきだし、じょじょに追いつめていきます。

リリはサル舎を飛びだし、全速力でオオカミ舎へ向かいました。数人の見学者が、異常な事態に気がつき、指をさしたり、けいたい電話で連絡したりしていました。

リリはためらっていました。だれにも見られずにアームストロングを助けだす

方法はないでしょうか？　リリのひみつがついにみんなに知られてしまうときが来たのでしょうか？　けれども、そんなことを考えている場合ではありません。アームストロングの命が危険にさらされているのです！

リリがオオカミ舎に入ろうとすると、ドアのカギがかかっていました。リリはあわててポケットに手をつっこみました。あれ、カギはどこ？　リリはポケットの中を引っかき回しました。ついさっきまで、確かにあったのに……。

「急がないと、あんたのお気に入りが危ないわよ」少女の声がしました。

リリはぎくりとしました。リリのうしろでトリクシィが目をぎらぎらさせながら、いんけんな笑みをうかべて立っていました。

そこへ、フィンが走ってきました。見学者からの通報で、かけつけたのです。フィンはオオカミ舎のさわぎを見ると、びっくりして頭の上で両手をうち、さけびました。「リリ、中に入るんだ！　急げ！」

「カギを開けて！」リリは息を切らしながらさけび返しました。ドアの向こうから、アームストロングのさけび声とオオカミのうなり声が聞こえてきます。「やめて！　チンパンジーに手を出さないで！」リリはさけび、オオカミに言い聞かせようとしました。けれども、オオカミにはリリの声はとどいていないようです。フィンはあわてていたせいで、カギのたばを落としてしまいました。

そのとき、小さなチンパンジーは絶望するようなさけび声をあげました。「リリ！　助けて！　リリ！　オオカミ……怒る！」

チンパンジーの囲いから、キング・オリが興奮してせきたてています。「逃げろ！　チビ、そこから逃げるんだ！」チンパンジーたちも、見物客のように目の前の事件に注目していました。

そのとき、ゾロがうなりました。「ここはおれらのなわばりだ！　とっとと出ていけ！」

けれども、アームストロングにはオオカミの言葉はわかりませんから、不安におののき、ますます大きな声でさけびました。

チンパンジーが言うことを聞かないので、ゾロは仲間に命令しました。「侵入者を片づけろ！」

リリは青ざめました。

そのとき、ようやくドアが開き、リリは檻の中に飛びこみました。

そうこうしているうちに檻の前には人だかりができていました。みな、息をのんで見守っています。

リリは手をあげました。「やめて！　ゾロ！　ストップ！」

「リリ！」アームストロングがキーキーさけびました。

オオカミたちの動きがぴたりと止まりました。それから、頭を回して声の主を探していましたが、すぐにリリに気づきました。オオカミたちはとまどいながらボスのゾロを見つめ、次の命令を待っていました。

「侵入者だ」ゾロがほえ

ました。「リリ、来るんだ、いっしょに攻撃するぞ！」数頭のオオカミがそわそわし始めました。そのとき、壁のようにとりかこんでいたオオカミの間にすきまができました。その瞬間、アームストロングは、片足を引きずりながら、すかさず逃げだしました。そして、リリのうしろにかくれ、体をおしつけました。恐怖のあまりアームストロングの体はふるえていました。

「この子はアームストロング」リリは強い口調でゾロと仲間に説明しました。「わたしの友だちなの。だから手を出さないで」

　オオカミたちはきんちょうしながらリリに耳をかたむけていました。

「こいつがきみの友だちだなんて知らなかったんだ」ゾロは説明しましたが、気がおさまらないようです。

「お願い」リリはもういちどきっぱりと言いました。「アームストロングに手を出さないで」

　オオカミはリリを攻撃することはありません。でも、リリのお願いを聞いてアームストロングに手を出さないでいてくれるでしょうか。本能に目ざめてしまったオオカミは、今にも小さなチンパンジーに飛びかかりそうです。リーダーの決断にかかっていました。

ゾロはリリにするどい視線を向けました。ゾロの金色の目は、リリの気持ちを読みとっているようでした。やがて、小さな声で言いました。「そいつがきみの友だちなら、ゆるしてやろう。安心してくれ」ゾロは首を大きくうしろにそらせ、ほえました。「警報解除！　侵入者警報、解除！」

オオカミたちは低い声でうなりながら、次々と引きあげていきました。その間に、ゾロはゆっくりとリリに近づいてきました。「こいつは向こうにいるやつの仲間だな」ゾロがうめくような声をあげると、チンパンジーの囲いに目をやりました。

ちょうど、キング・オリがこちらに向かってさけんでいました。「よくやったぞ、チビ！」

「そうよ。チンパンジーよ」リリはオオカミに答えました。「ところで、教えてくれる？　アームストロングはどうやってここに入ったのかしら？」

ゾロは耳をうしろにそらしました。「ドアが開いて、人間の少女がここにほうりこんだんだ」

リリには、犯人がすぐにわかりました。リリはきょろきょろしました。トリクシィは、柵の向こうにいるフィンの横で、一部始終を見守っていました。アームストロングが無事だったので、がっかりしているのでしょうか？　ところが、トリクシィはとても満足そうです。

そのとき、リリは気がつきました。オオカミの檻の前に人が群がっています。少なくとも、五十人はいるでしょうか。みんなの視線がリリにそそがれています！リリの顔がかっと熱くなりました。ここにいる人たちに、すべてを見られてしまいました。みんなは、リリがチンパンジーをオオカミから救いだすようすを見ていたのです！

「リリアーネ、こっちに来なさい！」するどい声がひびきました。オオカミ舎のドアの前で、ビネガー園長が呼びました。

リリはアームストロングの手をしっかりとにぎり、出口に向かいました。アームストロングはうなるように言いました。「うち？」

「そうよ、すぐに帰りましょうね」リリは答えました。

リリが外に出ると、園長はすぐにドアをしめました。フィンはトリクシィを荒っぽく前へおし、園長につきだしました。

「あなたのことはあとで話しましょう」園長は表情をくずさずにトリクシィに言いました。「チンパンジーをサル舎にもどすのが先です」

みんなは一列になって歩きだしました。みんながオオカミ舎から立ち去る間も、リリは見学者たちの視線を背中に感じていました。リリのひみつは、これで世の中に知れわたってしまうのでしょうか？

五分後。アームストロングは檻にもどると、すぐにシーツの下にもぐりこみま

した。リリは、チンパンジーの味わった恐怖を思い、胸がつかえて苦しくなりました。

「とり返しのつかないことになっていたかもしれないのよ、トリクシィ！」リリはふいにさけびました。「どうしてあんなことをしたの⁉」

トリクシィは目をぎらぎらさせながらリリを見すえました。「姉は、あんたのせいで喫茶店の仕事までなくしちゃったのよ」

リリは、もうれつな怒りと、どうしようもない絶望感におそわれました。「トリーナが悪いのよ。自分のせいよ！」エラー姉妹は自分のせいで失敗しているのに、どうしていつもリリに責任をなすりつけるのでしょうか？「わたしのせいだとしても、アームストロングをひどい目にあわせることはないでしょ！ わたしたちのけんかにはまったく関係ないんだから」

トリクシィは、左右に手をふりました。「ひどい目にあわせるつもりなんてなかったわよ。あなたがちゃんと助けだしてあげるって、わかっていたのよ」

「それなら、わざわざそんなことする必要ないでしょ?」

トリクシィは冷たい目で笑いました。「あんたのひみつをばらしてやりたかったの。あしたになったら、いろんな新聞にのるわよ」

トリクシィの言葉を聞いて、リリは声をつまらせました。

「お客さんにアドバイスしちゃった」トリクシィは甘ったるい声を出しました。「写真をとったほうがいいって」トリクシィはリリを驚かせておもしろがっていました。「なかなかいい写真があったわよ。ついでに、その写真をいろんな新聞社に送ったほうがいいって言っておいたわ」トリクシィは笑いました。

「そんなことしたら、罰を受けると思わなかったの?」園長がきびしい口調で言葉をはさみました。

「なにができるっていうんですか?」トリクシィは生意気そうに笑いました。「警察でも呼ぶつもりですか? どうぞお好きなように。でも子どもは逮捕されませんからね」トリクシィはしっかりと計算していたようです。「せいぜいフンそう

じの回数をふやすことくらいしかできないんじゃないですか？」トリクシィは肩をすくめました。「リリのひみつがばらせるなら、フンそうじの回数がふえたってかまいませんけど。それだけの価値はありますからね」トリクシィはきっぱり言うと、腕組みをしました。

リリはあっけにとられて、ふたりのやりとりを聞いていました。

ビネガー園長は歯ぎしりしました。「いいえ、そんなことはさせません。トリクシィ・エラー、あなたはもう動物園に来なくていいです。すぐにここから出ていきなさい。あなたの行動にどう対処すべきか、よく考えておきます」園長は、一瞬言葉を止めてからつづけました。「フィン・ランドマン、この子をすぐに出口へ連れていって。それから、カギをとりあげてちょうだい！」

「カギをわたしていたんですか？」フィンはびっくりしていました。

園長はため息をつくと、眠そうに目をこすりました。「ええ」

フィンは信じられないという表情をしていましたが、なにも言わずに、トリクシィの腕を引っぱり、その場をはなれていきました。トリクシィがとても満足そうにしていたので、リリはじだんだをふみました。

ビネガー園長は、みけんにしわをよせてリリを見つめていました。

「外で話しましょう」園長は言うと、リリと手をつなぎました。「あなたに話しておきたいことがあるの」

エラー家

リリとビネガー園長は、サル舎の前のベンチにこしをおろしました。リリはパーカーのフードをかぶり、動物園の見学者に気づかれないようにしました。

園長はため息をつくと、こしをかがめました。園長は深刻そうにしていましたが、表情はおだやかでした。「きょうは人手が足りなくて、トリクシィを一日監督できる人がいなかったのよ」園長は話し始めました。「だから、ワシやタカやフクロウのいるもうきん舎の使われていない囲いのそうじをたのんだのよ。そこなら、だれにもめいわくがかかりませんからね」

「でも、園長はトリクシィにカギをわたしましたよね！」

園長はうなずきました。「トリクシィに、信頼できる子だとみんなに証明するチャンスを与えてあげるつもりだったのよ」

「どうしてですか？」これまでのことを考えると、園長がどうしてまだトリクシィを信じているのか、リリには理解できませんでした。

「トリクシィとトリーナのことを調べてもらったの」園長の表情がふと曇りました。「あの子たちは、ひどい環境の中で生活していることを知ったのよ。児童相談所の人が教えてくれました。ふたりとも家庭で暴力を受けているらしいの」

「それって……たたかれているということですか？」リリは小さな声でたずねました。

園長はうなずきました。

リリはうなだれました。リリはトリクシィのことでひどく腹を立てていましたが、だからといって、なぐられればいいと思ったことはありません。

「トリクシィを罰する方法を考えるより、あの姉妹の心がこれ以上すさんでしまわないようにしてあげる方法を考えたほうが、いいのではないかしら」園長はむずかしそうな表情をしていました。「あの子たちがあんなひどいふるまいをするのは、家でむごいあつかいを受けているからではないかしら。だからトリクシィとトリーナは、ほかの人に、怒りをぶつけて発散するのね」

リリにはなんと答えたらいいのかわかりませんでした。

「もういちど、児童相談所と話してみます」ビネガー園長はこめかみをもみながら言いました。

それからしばらく、ふたりは物思いにふけっていましたが、やがて、園長がたずねました。「あしたの新聞に、あなたのことがのってしまったら、お母さんになんて言われるかしら？」

リリは足でじゃりをガリガリかいていました。リリは、できることならそのことは考えたくありませんでした。

ビネガー園長はリリの肩に手をおきました。「お母さんに、わたしから知らせたほうがいいかしら？　お母さんに電話してくれれば、わたしが代わって話してあげるわ」

「そうですね。そうしてもらえますか？」リリはポケットからけいたい電話を引っぱりだすと、ママに連絡しました。ママはこの時間はテレビ局にいます。緊急のときには、リリも電話をしてもいいことになっています。

電話の向こう側から興奮した声が聞こえてきました。「リリ！　動物園でなにがあったの？　テレビ局に写メールを送ってきた人がいるのよ。オオカミの檻の中に入っている女の子の写真よ！　これって、リリ、あなたなの？」

「うん。そうかも……」リリはとても小さな声で返事をしました。

「なんてこと！　それじゃあ、オオカミからチンパンジーを救いだした話はほんとうなのね？　そのチンパンジーって、アームストロングのこと？」

「そう……」

ビネガー園長は、電話を代わるようリリに合図しましたが、リリは、だいじょうぶ、と合図し返しました。

「それで、けがはなかったの？」

「うん。わたしはだいじょうぶだった。アームストロングもね」

それから沈黙が流れました。「リリ。今回は運がよかったわね。あまりにも現実ばなれした話で」

「どういうこと？」

「メールの内容では、檻の中の少女は、チンパンジーをオオカミから救っただけでなく、動物たちと話し合って、仲直りさせたとなっているわ。テレビ局は、こんな話をまったく信じていないし、この写真もにせものだと思ってるの」

「ほんとう？　ということは、テレビには出ないの？」

「そうよ。ほかのテレビ局や新聞社の人たちも、みんな信じないわよ」

リリは胸をなでおろしました。

「もう電話を切らないと。となりの同僚が、ばかげた話だって笑っているわ。わたしもいっしょに笑わないとね。じゃあね」ママは電話を切りました。

リリがママの話を伝えると、園長も喜びました。

少しの間、リリは物思いに沈んでいましたが、それから言いました。「もういちどアームストロングのようすを見てきます。ひどくショックを受けていましたから」

「そうね。わたしも行くわ」

それから、ふたりはアームストロングの檻に向かいました。ところが、檻の前まで来ると、リリは驚きのあまり手で口をおさえました。檻のドアが開けはなたれ、中はがらんとしています。

「そんなばかな！」リリはさけびました。「アームストロングはどこ？」トリクシィがもどってきてチンパンジーを連れだしたのでしょうか？　でも、そんなことができるでしょうか？

ビネガー園長はすぐにフィンに連絡しました。少しすると、フィンは顔を真っ赤にさせてかけこんできました。「トリクシィをバスにのせたので、ここへはもどってこられないはずです！」

「じゃあ、いったいだれがチンパンジーを連れだしたってわけ、フィン・ランドマン？」園長は答えを求めましたが、フィンにはわかりませんでした。

園長は両手をうしろで組み、力強く行ったり来たりしていました。くつのかかとが大きな音をたてて、石の床にひびいています。そのとき、カサカサという音がしました。園長が床に落ちていたチョコバーのつつみをふんだからです。園長は身をかがめるとつつみ紙を拾い、ゴミ箱にすてました。そのとき、園長はなにげなくつぶやきました。「すぐに、ゴミ拾いをしてくれる人を探さないと……問題をおこさない人をね」園長は言葉を止めるとため息をつきました。「アームストロングが消えたことにトリクシィが関係しているのかしら？　すぐに確認しましょう！」園長は大きな声で言いました。

「どうやって調べるんですか？」リリはたずねました。

「トリクシィのうちへ行きます！」言いおわる前に、園長はドシドシ歩き始めていました。

フィンとリリは目を合わせると、ビネガー園長を追いかけました。

三人は、園長の運転でエラー家に向かいました。リリは、アームストロングのことがひどく心配になってきました。トリクシィは、チンパンジーをオオカミの檻にほうりこむのも平気です。この次は、なにをするかわかりません。

やがて、三人をのせた車はエラー家に到着しました。手入れのいきとどいたかわいらしい前庭と、お日さまに照らされ鏡のようにピカピカ光る窓。車をおり、リリが大きな美しい家をながめていると、園長は玄関を目ざしてまっすぐに進んでいきました。

ビネガー園長が呼び鈴を鳴らそうとしたちょうどそのときです。家のうら側からどなり声が聞こえてきました。園長は右のまゆを高くあげました。

「確かめなければ」園長はつぶやくと、そのままうらに回りました。リリとフィンもあとにつづきました。一歩進むごとに、声はどんどん大きくなっていきます。

「動物園を追い出されたですって？」ガミガミしかりつける女の人の声がします。

「ビネガー大佐のかんちがいだってば！　悪いことなんてしてない。ちかってもいいわ」それはトリクシィの声でした。「知らなかったのよ。チンパンジーを檻から出してはいけないって。ちょっと遊んでみたかったの」

「ずいぶんとおろかなことをやらかしてくれたわね」女の人は怒りくるっていました。「動物園のオバサンから電話がきたら、なんて答えればいいのよ」

「トリクシィはそんなつもりではなかった、って説明すればいいのよ」こんどはトリーナの声です！「それで――」

「わたしをあてにするんじゃないわよ！　もう大きいんだから、自分のことは自分で始末しなさい。あなたたちのことでは、わたしもずいぶんといやな思いをしているの。もういいかげんうんざりだわよ！」

郵便はがき

料金受取人払郵便

141-8790

大崎局承認

6945

差出有効期間
2020年4月16日
まで（切手不要）

102
東京都大崎局私書箱67号

学研プラス
絵本・読み物編集室
「動物と話せる少女リリアーネ」係行

ご記入いただいた個人情報（ご住所やお名前など）は、企画の参考と商品のご案内などに使用いたします。下の枠内には、必ずしもご記入いただかなくても結構です。

◆ご住所　〒

◆お名前　　●小・中学校　　年生
男　女

◆ご購入書店　　都・道　府・県　　店名（　　　　）

「動物と話せる少女リリアーネ」シリーズをご愛読いただき、ありがとうございます。これからもよい本を作るために、アンケートのご協力をお願いします。

1．学年　小学　年生　中学　年生　その他（　　　　　　　　）

2．今までにお読みになった「動物と話せる少女リリアーネ」の巻数に◯をつけてください。

①　②　③　④　⑤　⑥　⑦　⑧　⑨上　⑨下　⑩　⑪　⑫

SP１　SP２　SP３　SP４　物語の花束

3．このシリーズを読もうと思った理由に◯をつけてください。

① 著者タニヤ・シュテーブナーさんのファンだから

② 訳者中村智子さんのファンだから

③ イラストレーター駒形さんのファンだから

④ 表紙が気に入って　⑤ さし絵が気に入って

⑥ 動物が好きだから　⑦ リリアーネが好きだから

⑧ 冒険物語が好きだから　⑨ファンタジーが好きだから

⑩ 外国の物語が好きだから　⑪ その他（　　　　　　　　）

4．この中で読んだことのあるシリーズに◯を付けてください。

①「水瓶座の少女アレーア」　②「動物病院のマリー」

③「コーンフィールド先生とふしぎな動物の学校」

④「フローラとパウラと妖精の森」　⑤「魔法医トリシアの冒険カルテ」

⑥「エルフとレーブンのふしぎな冒険」⑦「ベストフレンズベーカリー」

5．リリアーネいがいのお気に入りの本を教えてください。

6．将来の夢はなんですか？

7．感想があったら書いてくださいね。

お寄せいただいた個人情報に関するお問い合わせは、㈱学研プラス 幼児・児童事業部（℡03-6431-1615）までお願いいたします。当社の個人情報保護については当社HP　http://gakken-ep.co.jp/privacypolicy/ をごらんください。

女の人の言い方があまりにも冷たいので、リリは耳をふさぎたくなりました。

「ママ、ごめんなさい！」トリクシィはあやまりました。「わたしはそんなつもりじゃ――」

そのとき、パシッと平手打ちの音がひびきました。

リリはびっくりして立ち止まりましたが、ビネガー園長とフィンは大急ぎで家のかどを曲がっていきました。

「顔をたたくのはやめなさい！」園長は、はく力のある声でさけびました。

リリはどきどきしながら、こっそりとようすをうかがっていました。園長とフィンは、庭の広いテラスにいました。ビネガー園長は警告するように人さし指をふりあげ、フィンは女の人の前に立ちはだかり、トリクシィを守ろうとしました。トリクシィは、痛そうにほおをおさえていました。ビネガー園長とフィンの前には、しゃれたワンピースを着た、ほっそりとした背の高い金髪の女の人が立っていました。トリクシィのお母さん、エラー夫人です。

「どなたかしら?」エラー夫人はつっけんどんにたずねました。「なにかお探しかしら?」

「ほんとうはチンパンジーを探しにきたのですが……」園長は返事をしました。

「どうやらちょうどいいときにおうかがいしたようです。もう暴力はふるわせませんよ」

すると、トリーナがつぶやきました。「今たたかれなくても、みんながいなくなったらボコボコにされるわ」

すると、エラー夫人はなぐりかかりそうな勢いで長女につめよろうとしました。フィンは一歩ふみだし、夫人をさえぎりました。エラー夫人はフィンをにらみつけました。

「いいかげんにしなさい！　この子たちをたたくのはもうおしまい！」ビネガー園長はぴんと胸をはりました。

エラー家

　エラー夫人は目を細くすると園長をどなりつけました。「なんのまねですか？　あなたにはまったく関係のないことでしょうが！　勝手に人のうちの庭に入りこんで、なにさまのつもりです？　とっとと出ていってちょうだい！」

「いいえ、出ていきません。児童相談所に知らせます」そこで、園長はけいたい電話をとりだしました。

　エラー夫人は園長の勢いにあっとうされてひるみました。そして、しばらく考えてからそっけなく言いました。「そうよね、いい考えだわ」

　ビネガー園長は顔をあげると、とまどっていました。「なんですって？」

「もう限界だわ」エラー夫人はとつぜん弱々しく答えました。「このふたりは、どうしようもない子たちなんです。この子たちにはなんらかの方法で罰を与えなければなりません。悪さをしたんですからね。でも、ほかに方法がないからたたいているだけなんです！」夫人はなげきました。「こんなしたたかでずるがしこい子は、ふつうの人には手におえませんわよ」

ビネガー園長はあっけにとられてエラー夫人を見つめていました。園長はなにも言わずに児童相談所に電話をすると、今ここでおこったことをざっと説明しました。園長がけいたい電話をポケットにしまうと、トリクシィがおそるおそるたずねました。

「これでおばあちゃんのところへ行けるの？」

エラー夫人は非難するようにトリクシィを見つめました。「ええ、わたしはかまわないわよ。きょうから、おばあちゃんを苦しめてあげたらいいわ。おばあちゃんは、あんたたちとうまくやっていけると思っているみたいだから……」

「いいかげんにしなさい！」ビネガー園長が止めに入りました。「児童相談所の係員が来るまで、静かにしていなさい。それまでの時間を使って、はっきりさせたいことがあります」

そのとき、リリは庭に近づこうとしました。

「あんた、そこでこそこそなにしてるの？」トリクシィが勢いよく言いました。

園長はリリの横に立ちました。「わたしたちはチンパンジーを探しにきたんです。どこにいるか知っているかしら、トリクシィ?」

トリクシィの表情がとつぜん晴れやかになりました。「ということは、逃げたの? おバカさん、あんた、ドアのカギをかけわすれたの?」トリクシィは意地悪く笑いながらたずねました。

そういう言い方をするということは、トリクシィはアームストロングがいなくなったこととは関係なさそうです。犯人がトリクシィではないとすれば、いったいだれがアームストロングを連れ去ったのでしょうか?

「では、あなたではないのね」ビネガー園長は両手をうしろに組んで、行ったり来たりしていました。フィンは庭のいすにすわり、両手で頭をささえて考えています。

それから少しして、玄関のチャイムが鳴りました。エラー夫人が児童相談所の職員を招き入れると、ビネガー園長が、先ほどおこったできごとをくわしく説明しました。それがすむとビネガー園長とフィンとリリはエラー家をあとにしました。リリはもやもやしながら車にのりこみました。走りだす前に、三人は車の中で話し合いました。

「檻のカギをかけわすれるなんてこと、あるのかなあ？」フィンがたずねました。

「アームストロングが勝手に逃げるかなあ？」

「うーん、わたしでないことだけは確かよね……」リリは声を出しながら考えていました。

「わたしがカギをかけました」園長が言葉をはさみました。

「……わたしのカギがなかったから！」そこでリリはカギをなくしたことを思い出しました。

「え？　それで今、どこにあるの？」

「わからないの」リリはいっしょうけんめい考えていました。「なくなったのはきょうだと思う」

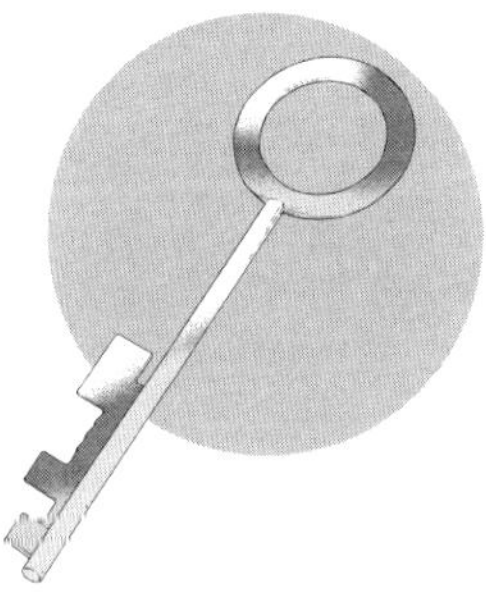

「きみのカギがあれば、いともたやすくアームストロングの檻を開けられる」フィンの声は不安そうでした。「すべての檻のドアを開けられるんだ！」

リリはうしろめたくなってくちびるをかみしめました。

「チンパンジーをぬすもうだなんて、だれが考えるのかしら？」園長が意見を求めました。「そんなことするなんて、驚きだわ！　動物園でカギを拾ったら、ふつうは飼育係にとどけるわよね」

そうこうしているうちに、エラー家の玄関のドアが開きました。小さなかばんをさげたトリクシィとトリーナが、児童相談所の職員につきそわれて出てきました。

職員は電話をしながら歩いていました。園長の車の横を通りすぎたとき、職員の声が聞こえました。「両親は離婚していて、父親はもう何年も娘たちとは会っていないようです。母親も娘たちのとっぴな行動に、すっかりまいっているようで……」

トリーナとトリクシィが車の横を通りすぎました。そのときトリーナは妹にささやきました。「おばあちゃんとだったら、うまくいくわよ。心配しないで」トリクシィはうなずきましたが、目にはかすかになみだが光っていました。とつぜん、リリはトリクシィのことがかわいそうになってきました。けれども、ふたりをゆるすことはできません。ふたりがしたことは、あまりにもひどいことだったからです。

「動物園にもどって、もういちどアームストロングを探しましょう」園長は言うと、車を走らせました。

動物園にもどったリリと園長とソィンは、小さなチンパンジーを探し回りました。動物園をすみずみまで探しましたが、見つかりませんでした。リリは動物たちにもたずねて回りました。けれども、自由に飛びまわる野生の鳥たちにも、檻の中の動物たちにもリリを助けることはできませんでした。

アームストロングは、いったいどこへ行ってしまったのでしょうか。

助けて！

その日の夕方、リリは庭の茂みの中で考えごとをしていました。動物園でなにがおこったのか、アームストロングがどのようにいなくなったのか、くり返し想像してみました。リリには、なにか重要なことを見落としているような気がしていました。イザヤが助けてくれれば！　何時間も前に、リリはイザヤのけいたい電話に連絡し、会って話したいと伝えました。けれども、姿を見せてくれません。

そのとき、茂みの葉がカサカサと音をたてました。イザヤです！　リリは大喜びであいさつしようとしましたが、とちゅうで言葉を止めました。イザヤのようすがおかしいのです！　顔色が悪く、目も真っ赤です。泣いていたのでしょうか？

「ハロー」イザヤはぼそぼそ言うと、リリの横にぎこちなくこしをおろしました。

リリはイザヤを見つめていましたが、気をとり直して伝えました。「アームストロングがいなくなっちゃったの」

イザヤは目を見開きました。「なんだって？」

リリはきょうのできごとをくわしく説明しました。でも、イザヤはきちんと聞いてくれてはいないようです。ぼんやりとし、どこを見るでもなく、うつろな表情をしていました。

「あの億万長者のマグヌス・オブスクラという人が関係しているのかなあ？」リリはたずねました。

すると、イザヤはぎくっとし、体をこわばらせました。「なんで？　どうしてそう思うの？」

「もしかしたら、ほんとうにあの家の中に、ひみつの実験室があるかもしれないわ」リリはじっくり考えながら言いました。「あの家の人たちが、アームストロングが動物園にいることを知り、連れもどしたとしたら？」

「そうだったら話がうまくつながるよね」イザヤの口ぶりは奇妙でした。

「事件のうらになにがかくれているんだろう」リリは期待に胸をふくらませなが

らイザヤを見つめました。イザヤは推理したり、ものごとをつなぎ合わせて考えるのが得意です。

イザヤは肩をすくめました。「どんな可能性もあるさ。あまり首をつっこまないほうがいいよ」イザヤはひどくきんちょうし、上半身を前後にゆすっていました。

リリはだまっていましたが、しばらくしてから言いました。「もういちど、あのお屋敷を見にいったほうが――」

「そんなことをしてなんの意味があるの？」イザヤがリリをさえぎりました。「なにもわかりゃしないよ。それに、屋敷のまわりをうろついているところを見つかったら、面倒なことになるよ。このことはもうわすれたほうがいいよ」イザヤは言いおわると立ちあがりました。「もうやめようよ、リリ」イザヤは背中を向けると茂みから出ていきました。

リリは言葉を失い、ぼう然とすわっていました。いつもとまったくようすのちがうイザヤに、リリはとまどっていました。たった今ここを去った少年は、イザヤではなく、まったくの別人のようでした。

それからしばらく、リリは茂みの中で考えこんでいました。そして、あたりがそろそろ暗くなりだしたころ、富豪の家へ行ってみることにしました。アームストロングがいるのか、探りださなければなりません！　リリはひとりで実行するしかありませんでした。

そのとき、茂みの中から、芝生を歩く小さな白い足が見えました。「ボンサイ、おいで！」リリが呼ぶと、足はぴたりと止まり、向きを変えました。すると、白い小さな犬が飛びこんできました。

「ハイ、リリ！　元気かい？」犬はワンワンほえると、しっぽをふり、ぴょんぴょん飛びはねました。

リリは犬のふさふさの頭をなでました。「助けてほしいの」リリはこそこそ話しました。「いっしょに来てくれる？」

「もちろんさ！」ボンサイは、ヘッヘッヘッと声を出しました。「で、どこへ行くの？」

「町外れまで。アームストロングを助けに行くの」

十分後。リリは自転車で出発しました。ボンサイは、舌をだらりとたらして、リリのリュックサックにおさまっていました。ふきつける風に、舌がぶらぶらゆれ、ときおり顔に当たりましたが、そんなことはへっちゃらです。

リリとボンサイが富豪の屋敷に到着したときには、すでにあたりは暗くなっていました。リリは自転車を木のかげにかくすと、ボンサイをリュックサックから出しました。

「ここはどこ？」犬はウォッとほえました。「あれ？　なんかにおうぞ」

「なんのにおい？」リリはひそひそたずねました。

「動物園のにおいだよ」ボンサイはぶつぶつ言いながら、鼻を高くあげてにおいをかいでいました。「ほんの少し、そんなにおいがするんだ」

「ほんとう？」リリもにおいをかいでみました。けれども、人間の鼻ではなにも感じません。そのときリリはいいことを思いつきました。「ボンサイ、ここらへんを見て回って……じゃなくて、かぎ回ってちょうだい！　知っているにおいがあったら——」

「どんなやつ？　シュミちゃんのにおいとか？」

「モジャモジャ同志のにおいよ。どこかで、アームストロングのにおいがしたら、知らせてちょうだい。でも大きな声は出さないでね」

「了解！」ボンサイは熱心に、茂みや電柱やゴミ箱や塀をかぎ回りました。それがすむと、木のかげにしゃがんで待っているリリに報告しました。

「うーん。モジャモジャ同志のにおいがあったかどうか、はっきりわからないなあ。いたかもしれない。でも、いたとしてもずいぶん前のことだよ」

　リリはがっかりして、ため息をつきました。けれども、それはとう然のことかもしれません。アームストロングが誘拐されたのであれば、歩いてここに来るはずがありません。しばられたり、袋のようなものに入れられていたのかもしれません。

「モジャモジャ同志じゃないけど、きょうれつなにおいがするんだ」ボンサイがさりげなく言い足しました。

「なんのにおい？」

　ボンサイは鼻先をのばしました。「通い女主人のにおいさ」

　リリはびっくりしてボンサイを見つめました。〝通い女主人〟というのはママのことです。ママはとてもいそがしく、週末だけしか家族といっしょにすごさないので、ボンサイはいつもママのことをこう呼んでいました。さて、ママがここにいたのでしょうか？

「その……」ボンサイはつぶやきました。「……女主人のにおいじゃないよ。そうだなあ、毎朝、女主人が自分のにおいの上にふりかけているやつと似たようなにおいだ」

リリは鼻にしわをよせました。「香水のことかしら？」

そのとき、ブンブンという音が聞こえてきました。音はどんどん大きくなってきます。車が近づいてきます！

リリはびっくりぎょうてんし、木のかげにできるかぎり低く身をかがめました。

「ボンサイ、声を出さないでね！」リリはどきどきしながら木の幹に体をおしつけました。

一台の車が目の前を通りすぎ、屋敷の前で止まりました。リリは好奇心にから

れて、木のかげからこっそりようすをうかがっていました。すると、男の人が車からおりてきました。車のトランクルームから木箱をとりだす男のうしろ姿をとらえたものの、あたりは暗く、顔までは見えませんでした。男は木箱をかかえ、門の横についているボタンをおして待っていました。すると、奇妙な音がし始めました。ギイギイときしむような音と、ブンブンというエンジンのような小さな音です。なんの音でしょうか？　リリはうろたえました。そのとき、白い門がゆっくりと開き始めました。リリは中のようすを知りたくて、目をこらしました。なんと、富豪の屋敷から門に向かって橋がのびています！　橋がのびきると音もやみ、ふたたび静かになりました。そして男はしっかりとした足どりで、門と屋敷を結ぶ橋をわたっていきました。

リリは息をこらして一部始終を見守っていました。あの箱の中にはなにが入っているのでしょうか？　すると、箱の中からさけび声が聞こえてきました。リリは身をすくめました。腕の毛がさか立っていました。

「助けてくれ！　出してくれ！」助けを求めるさけび声が、暗やみにひびきわたりました。それは、鳥の声でした。箱の中には鳥が入っていたのです！「ここから出してくれ！　キー！」鳥はさけんでいました。リリにはたえられませんでした。リリは木の幹につめを立てていました。立ちつくすだけで、なすすべがありませんでした。

「助けてくれえ！」声は、堀の水面にいつまでもひびきわたっていました。

リリは絶望的な気分になって目をとじました。それは、オウギワシの声です。リリにはわかりました。動物園にもオウギワシがいるからです。オウギワシは、世界でもっとも強いもうきんです。それなのに、箱の中ではまったくの無力でした――今のリリのように。

門がふたたびしまると、リリに聞こえてきたのは、ドッキンドッキンとはげしくうちつける、自分の心臓の音だけでした。

「ひどいわ！」リリはきすてるように小さな声を出しました。泣きたい気分でした。オウギワシは実験に利用されてしまうのでしょうか?

「リリ! アイツだよ!」ボンサイが小さな声でウォッとほえました。「さっきのきょうれつなにおいは、アイツのにおいだよ!」

「ほんとう?」リリは聞きとれないくらい小さな声で言いました。ということは、あの男は、数時間前にもここに来たのです! はたして、男はそのときも動物を連れていたのでしょうか? それは、アームストロングだったのでしょうか?

リリはボンサイをふたたびリュックサックに入れると、ガクガクふるえる脚で自転車をこぎながら家へ帰りました。自転車をこいでいると、なみだがこぼれてきました。そして、リリは心にちかいました。オウギワシをはじめ、屋敷にとじこめられているすべての動物たちを解放してあげるのだ、と。

動物園でキャンプ

次の日、リリは庭の茂みでふたたびイザヤと会いました。イザヤのようすに、リリは驚きました。目の下にはくまができ、ひどく青ざめ、びくびく、そわそわしているように見えました。イザヤの心に重くのしかかっているものがあるのです。けれども、リリがそっとたずねても、イザヤはなにも答えようとしませんでした。

リリは、大富豪の屋敷の前でもくげきしたことをイザヤには話しませんでした。イザヤは、あの家のことはもう調べないほうがいいと言ったのに、リリが家を見にいったと知れば、気を悪くするにちがいありません。

リリはさびしそうに下を向きました。ふたりにはひみつができてしまいました。どうしてこんなことになってしまったのでしょうか?

「アームストロングの手がかりはまだつかめないの」リリはしょんぼりしながら

言いました。「どこへ行ってしまったのかな」

　イザヤはなにも言わず、くつひもをいじくり回していました。

「アームストロングがどうなってもいいの？」リリは思わず大きな声を出してしまいました。

　イザヤは顔をあげました。とても悲しそうな、絶望的なイザヤの表情に、リリの胸が苦しくなりました。イザヤはなにか言いたそうです。でも、なにを言いたいのか、リリにはわかりません。イザヤはどうしてうちあけてくれないのでしょうか？　なにがそんなにイザヤを苦しめているのでしょうか？

　ふたりはだまりこんでいました。

「わたしね、今夜は動物園に泊まるの」リリはしばらくしてからつぶやきました。

「どうして？」

　イザヤが口をきいてくれたので、リリはうれしくなりました。

「今夜、サミラの赤ちゃんが生まれるかもしれないの。わたしも立ち会いたいの。

シャンカルとサミラにもたのまれているしね」

イザヤの目がきらりと光りました。イザヤも行きたいのでしょう。

「いっしょに行く？」リリはあまり大きな期待をしないでイザヤにたずねました。

イザヤは自分の心と戦っているようです。「うん……行きたいけど」

リリの顔に、ほんの少し笑みがうかびました。けれども、いらいらしながら髪をなでるイザヤの姿に、リリの顔から笑顔が消えました。「オーケー。それじゃあ、今夜、八時ね」リリはみけんに深いしわをよせて茂みを去りました。


夜八時。イザヤは約束通り、玄関の前に立っていました。イザヤの顔色は、さらに悪くなっていました。リリはイザヤをだきしめました。いつもなら、ふたりはこんなことをぜったいにしないのに、イザヤもだきしめられたまま、悲しそうにほほ笑みました。

「きょうはちゃんとおじさんに伝えてきた？」リリはたずねました。

するとイザヤは答えました。「きみとキャンプするって言っておいた」

「この使用人ですけど、近ごろまったく使いものになりませんのよ！」不満たらたらの猫の声が、リンゴの木から聞こえてきました。すると、木の葉の間からシユミット伯爵夫人が顔を出しました。猫はさっと木から飛びおりると、上品な足どりでこれみよがしに近づいてきました。「この使用人ときたら、一日じゅう、部屋にこもっているか、物悲しそうに思いふけっているか、タイヤマシーンでやたらめったら遠くまで出かけたりするだけですのよ。わたくしへのもてなしもトイレのそうじ

もしませんの。このような態度では、いけませんわね。非難されるべきですわ！」

「なんて言ってるの？」イザヤの表情に落ちつきがありません。

「シュミット伯爵夫人はあなたのことを心配しているのよ。いつもとまったくちがうから」リリは答えました。

「お願いだから、ぼくのことはしゃべらないで」イザヤはリリをしんけんな表情で見つめました。「約束してくれる？」

リリは猫からもっといろいろ聞きだしたいと思いました。けれども、イザヤのたのみを聞き入れるしかありませんでした。「約束するわ」リリはつぶやきました。

イザヤはつかれたような表情でうなずきました。

猫はリリの脚にまとわりつきました。「スーゼウィンド嬢、どうして旅行かばんをしょっていらっしゃるのかしら？」

リリはリュックサックの止め具を引っぱりました。「これから出かけるからです」

「旅行の目的を教えてちょうだい」シュミット伯爵夫人は期待に胸をふくらませています。

リリはうめくように小さな声を出しました。これから行くところを猫が知ったら、どういうことになるか予想できたからです。「動物園に行くんです」

シュミット伯爵夫人は飛びあがって喜びました。「なんてすてき！　ずいぶんとごぶさたしていますものね！」猫はゴロゴロのどを鳴らしました。「ところで、ボンサイ伯爵をご招待するのをおわすれでは？」

「わすれていません。ボンサイはうちで留守番しなければ――」

「ボンサイ伯爵もおさそいください！」猫はかわいらしい耳をぴくぴく動かしました。「ボンサイ伯爵が参加されないのなら、わたくしもこの旅行には参加してあげませんわよ」

リリは、来てくれなくてもいい、と言いそうになりましたが、フェオドールとの約束を思い出しました。フェオドールは猫の貴婦人の訪問を楽しみにしているのです。

「それじゃあいいわ。ボンサイも呼んでくる。みんなで動物園に行きましょう」

イザヤはため息をつくと、猫をリュックサックの中に入れました。幸いなことに、イザヤにはシュミット伯爵夫人がしゃべっていることはわかりません。

「この使用人は、運ばせるときには役に立ちますわね。ほかのことには、まったく無能ですけれど」

リリはボンサイを呼んできました。白い小さな犬は、動物園に連れていってもらえるので、とても興奮していました。リリとイザヤは自転車の荷台に寝袋をしっかりと固定すると、すぐに出発しました。リリのリュックサックからはボンサイの頭が、イザヤのリュックサックからは気品あふれるシュミット伯爵夫人の顔がのぞいていました。動物園の大きな入り口の門の前までやってくると、ふたりは自転車をおき、リリは新しいカギを使って門を開けました。

門の向こう側では、ビネガー園長が待ちかまえていました。

「あら、なにを連れてきたのかしら？」園長は用心しながらたずねました。

リリは、えへんとせきばらいをしました。「ええと、わたしの犬とイザヤの猫もつきそいたいと言っていますが、いいでしょうか？」

園長はつぶやきました。「まあいいでしょう。行儀よくしてくれるんでしたら……」そして、いつものように大またで歩きだしました。みんなは急ぎ足で人のいない動物園の中を歩いていきました。あたりはそろそろ暗くなり、おおかたの動物たちはすでに眠りについていました。

ボンサイはあちこちクンクンにおいをかぎ回っていましたが、マーキングをしているひまはありませんでした。「モジャモジャ同志もここに住んでいるの？」ボンサイはリリの横を歩きながらたずねました。

「それがね、どこかへ行っちゃったの」リリは小さな声で答えると、アームストロングのことを思い出して悲しくなりました。

みんなはライオンとトラの囲いの前に到着しました。サミラは、木の下のやわ

らかい草の上に横になっていました。そこはサミラのお気に入りの場所で、ここで赤ちゃんを産もうとしていました。シャンカルは、そわそわしながらサミラの横で行ったり来たりしていました。シャンカルのおなかの底から、低いゴロゴロうなるような音がひびいてきます。その音は、ふつうの人には威嚇しているように聞こえますが、リリにはまったくちがって聞こえます。

「なんてこった、もうじき生まれるぞ。史上最強のライオン男子の誕生だ!」

じきに父親になろうとしているシャンカルは、ピリピリしていました。それとは反対に、サミラはのんびりとし、まどろんでいました。

檻の前では、フィンと獣医のエツギュール先生がリリの到着を待っていました。

「どんなようすかしら?」園長がたずねました。

エツギュール先生は首をさすりながら答えました。「順調そうです。ですが、診察してみないとくわしいことは言えませんな」

「では中へ入りましょう」ビネガー園長が言うと、みんなは檻の中に入りました。

「リリ！」サミラは、近づいてくるリリに気がつき、喜びました。

「なにを連れてきたんだ？」シャンカルは耳を立てました。「メシか？　でも、今はなにも食べられんよ。気分が悪いんだ。気を悪くしないでくれよ、リリ。すごくうまそうだけどな」

「まさか、わたくしのことではないでしょうね？」シュミット伯爵夫人はふんがいしました。「わたくしは、えさなどではございません。スーゼウィンド嬢の特別ゲストでございます！」

「なんだおまえか、チビ！」シャンカルは大声で言いました。「ずいぶん長いこと顔を見せなかったじゃないか。でもな、おれはファンのためにショーを開いているひまはないんだよ、悪いな」

「失礼な！」シュミット伯爵夫人はキーキーさけぶと背中を高くして敵意を示しました。「あなたに、わたくしのことをチビと呼ぶ資格なんてございませんわよ」

猫はフーッと威嚇しながら、口を引きつらせました。「確かに、あなたは体も人

きいし、髪もきれいで見てくれはいいですけど、そんなものにはだまされませんわよ。あなたには品性というものがまったくございませんわね！」

リリは目をむきました。シャンカルとシュミット伯爵夫人はこれまでになんどか対面したことがあります。猫もライオンもネコ科の動物なので、おたがいのしゃべっていることはわかっても、まったく友だちにはなれません。

「どでかい足のほらふきめ！」

ボンサイが横でワンワンほえ

ました。「シュミちゃんはまだこいつのファンなの？」

「ちがうわ、ぜんぜんファンじゃないから」リリは安心させるように言いました。

エッギュール先生は、自信なさそうにリリを見ました。「リリアーネ、サミラに伝えてくれるかい？　診察するだけだからかみつかないでくれって」先生は不安そうに言いました。

リリはサミラの横にひざまずくと、背中に手をおいて、先生が診察しようとしていることを伝えました。

シャンカルは先生の診察が気に入らないようで、ふさふさのしっぽで地面をはきながら言いました。「息子たちは、自力で出てこられる。そこの二本足は、このままそこにいたら、息子たちの晩メシになっちまうぞ！」

サミラは荒く息をしながら言いました。「シャンカル、おとなしくすわってて」

大きなライオンはすぐにこしをおろすと、とまどっていました。

エッギュール先生が診察をしている間、トラはぴくりともせずにじっとしてい

ました。

「今夜じゅうに生まれるでしょう」先生は診察をおえると告げました。

「楽しみだわ」ビネガー園長は大いに喜びました。「リリアーネ、イザヤ、ふたりとも寝袋は持ってきたかしら？」

「はい、持ってきました」ふたりは同時に答えました。

「それでは、今、寝るしたくをしたらいいわね。出産が始まったら、知らせてちょうだいね！」

リリとイザヤが約束すると、園長とフィンとエッギュール先生は檻から出ていきました。

「ドアのカギは開けておきますよ」園長は外から大声で言いました。「でも、猛獣たちと園内を歩き回るようなことはもうしないでちょうだいね！」

リリとイザヤは同時に返事をすると園長に手をふりました。「ぜったいにしません！」

今夜は檻をはなれることはありません。どんなことがあっても、ライガーの誕生を見のがすわけにはいきません！

ボンサイはおずおずとしっぽをふりながら、小さな声でたずねました。「モンスター猫はおいらを食べようとしているの？　シマシマのほうは心配なさそうだけど、ぼさぼさ頭のほうがなあ……」

リリはシャンカルとサミラに向き直りました。「わたしの犬もここにいてもいいかしら？」

シャンカルはクンクンにおいをかぎました。「おつまみのほうはいいぞ。ミニトラもここにいるつもりかよ？」

すると、シュミット伯爵夫人がキーキー声をあげました。「なんと心外な！　スキャンダラスな！」それから背中を向けると鼻をつんとあげて、その場を小走りで去っていきました。リリは心配して、猫のうしろ姿を見送りました。

「ひとりでもだいじょうぶだよ」イザヤが言いました。「シュミット伯爵夫人のこ

とは心配しなくていいよ。きっとフェオドールに会いにいったんだ」

リリはほほ笑みました。リリは、イザヤがいっしょに来てくれたことに喜んでいました。

ボンサイはリリの横に来ると、三回くるくる回り、ようやくこしをおろしました。シャンカルは小さな犬を観察していました。

「ジュニアたちにちょうどいいおやつだよな」シャンカルはうなり声をあげました。「ウェルカムスナックってやつだな」

「ねえ、シャンカル。赤ちゃんたちは、肉は食べないのよ。ミルクをのむの」リリは説明しました。

「ミルクだって?」シャンカルは驚いたようにたずねました。「ミルクはだれが持ってきてくれるんだ? 二本足たちか? おれも肉を食べさせてもらえなくなるのか?」

リリは笑いました。きっとサミラも心の中で笑っていたことでしょう。

リリとイザヤは、サミラの横のやわらかい草の上に寝袋を広げてくつろいでいました。「チビちゃんたちが出てきそうになったら、呼ぶわね」サミラは約束すると目をとじました。

シャンカルはふたたびそわそわしながら行ったり来たりし始めました。そして、いらいらしながらしっぽで床をはいていましたが、やがて足音は聞こえなくなりました。それは、リリが眠りに落ちたから……。

やみ夜の侵入者

リリははっと目をさましました。物音がします。横では、イザヤとシャンカルとサミラがぐっすりと眠っています。サミラはシャンカルにぴったりとよりそっていました。ライガーの誕生はまだのようです。

ボンサイが寝ぼけまなこで顔をあげると、あたりを見回しました。ぼんやりと光をはなつ丸いランプのように、月が檻の中を照らしていました。そのとき、ボンサイがハアハアと声を出しました。「見て、見て、リリ！ テンテン野郎だ！」「スーゼウィンド嬢。お休みのところをもうしわけない」静かな低い声がひびきました。

リリはびっくりして口をぱくぱく動かしました。目の前にヒョウのフェオドールがすわっています。「どうやってここに来たんですか？」リリはひそひそ話しました。

「こちらの大きな猫のお宅のドアが開いていたからですわ。ご親切ですこと」フェオドールの横にいたシュミット伯爵夫人が答えました。

「確かに」リリはぼそぼそ言いました。「ビネガー大佐がカギを開けておいてくれたんですが……でも、フェオドールはどうやって自分の檻から出てきたんですか？」

「たいへんなことがおこりましたの」シュミット伯爵夫人が答えました。

「なにがあったんですか？」

「スリルある事件だ」すらりとしたヒョウの黄緑色の目が光りました。

「くわしくご説明いたします」シュミット伯爵夫人はこしをおろしました。「フェオドール侯爵とわたくしが楽しくお話をしておりましたら、なにやらシューッと飛んできましたの。侯爵のしなやかな体にあやうく当たるところでしたわ」

リリは頭の中で猫の言葉を整理していました。「なにかがフェオドールの上に落ちてきて、当たりそうになったということですか？」

「いや、そうじゃない、スーゼウィンド嬢。殺害未遂事件だ！」フェオドールは鼻にしわをよせました。

「そんな生やさしいことではない。」

リリは首をかしげました。

「スーゼウィンド嬢、園内にたちの悪い狩人がいますぞ！」フェオドールは声をひそめて説明しました。「なにものかが、飛行物体を使ってわたしをしとめようとしたんだ！」

「見知らぬ人が動物園の中を歩き回っていて、その人に撃たれそうになったということですか？」リリには、ヒョウの語ったことが信じられませんでした。

「その通り！　そいつは飛行物体でわたしに攻撃をしかけると、狩が成功したと思いこんだらしく、そそくさとわたしのなわばりに入りこんできた」

「その人があなたの檻に入ってきたんですか？」リリは小さな声でさけびました。

「そうだ、スーゼウィンド嬢！　そいつは、無傷のわたしを見て、自分の無能さに気づいたんだ！」フェオドールは熱心につづけました。「そこでわたしは敵を威嚇しながらじょじょに近づいた。すると、そいつは恐れをなして逃げだしたというわけだ！」

「追いかけなかったんですか？」リリはたずねました。

「ああ。その場をはなれたら、かわいいレディーに失礼ではないか。シュミット伯爵夫人は、みごとな技で木のてっぺんまで登りつめておられましたからな」

　シュミット伯爵夫人はとてもきんちょうしながら前足をなめていました。「攻撃を受けたら、なにがともあれその場をはなれるのがいちばんですわね」

　フェオドールの目がきらきらかがやいていました。「あなたを避難場所から救

出できて、光栄でございます、レディー」

　こんなに深刻な場面でなければ、リリは笑っていたことでしょう。

「まあどうでもいいことですけど……」小さな猫はニャアと鳴きました。「その狩人は、とてもいかがわしい香りがいたしましたわね」

「いかがわしい香り？」

「しめっぽいにおいだ」フェオドールが説明しました。

　そのとき、シュミット伯爵夫人が耳を立ててふり返りました。「あら、そのしめっぽいにおいの狩人が、ちょうど向こうをゆっくりと歩いていきますわよ、スーゼウィンド嬢」

　リリは驚いて飛びおきると小道のほうを見ました。けれども変わったものはなにも見えません。人影のない道に、風にゆられて茂みがほんの少し動いているだけ……。

　リリの心臓は止まりそうになりました。茂みのかげで、なにかがさっと動きました！

「リリ！」ボンサイがウォッとほえました。「あそこにだれかいる！　警報？」

「シーッ！」リリは目を見開いて、動く影を見つめました。

そのとき、シャンカルが目をさましました。「どうしたんだ？　息子たちが生まれたのか？」

イザヤとサミラも、シャンカルの大きな声で目をさましました。

「ヒョウがここでなにしてるの？」イザヤはおどろいてたずねました。

「おい！　この野郎！」シャンカルは、となりの檻に住むはんてんもようのヒョウにさけびました。「おれさまのテリトリーでなにしてやがる」

フェオドールは頭を低くすると静かにうなりました。「俗物めが！　くだらんことでガタガタさわぐな。今すごいことが――」

リリは二頭のけんかにわって入りました。「だれかいるの！　侵入者よ！」

シャンカルは柵のほうへ力強くあゆみだしました。「さあ、出てこい！　思い

知らせてやる！」シャンカルは前足でビュンと空を切りました。「いくぞ！　えい、やっ！」

「フィンかエッギュール先生じゃないの？」イザヤがたずねました。

「動物園の人だったらかくれたりしないわ！」リリの声はふるえていました。

　シャンカルは耳を立てました。「足音が遠ざかっていくぞ！」

　リリにはなにも聞こえませんでしたが、動物の聴力はすぐれています。

「確かめてみよう」イザヤが寝袋からはいだしてきました。

「暗がりの中を追いかけるの？　危険よ！　もしかしたら……殺人犯かも！」リリは早口でしゃべりました。「というか、そんな感じの人らしい。フェオドールが言ってるの。たった今、その人に撃たれそうになったって！」

　イザヤはうたぐるように、リリをじっと見つめていました。

「侵入者はフェオドールを撃ったけど、当たらなかったことに気がつかなかったの。檻の中に入ったらフェオドールがうなったので、怖くなって脱走……じゃなくて、逃げていったの」リリは混乱しながら説明しました。

「侵入者が檻の中に入った？　ということは、そ、その人は……カ、カギを持っていた……」イザヤはつかえながら言いました。イザヤの表情が、とつぜんこわばりました。

「その人、もしかしたらふき矢を当てようとしたのかしら？」リリは興奮しながら考えていました。「ピストルの音だったら、みんなにも聞こえたはずよ！　もしかしたら、麻酔用のふき矢かしら？」

　イザヤは返事をしませんでした。

「犯人を追いかけるなら、わたしもいっしょに行くわ」サミラが立ちあがりました。

「わたしたちがついていれば、あなたたちも安全よ」

「ジュニアはどうするんだ！」シャンカルがさけび、たてがみをふりました。「歩いたりしたら、ゆらゆらしてジュニアがびっくりするんじゃないか？」

「きっと、だいじょうぶ」サミラは返事をしました。けれどもサミラのようすは、

いつもより息づかいが荒く、落ちつきがありません。それでもトラは早足で檻の出口へ向かい、言いました。「行くわよ！」

リリは考えていました。三頭の猛獣が園内を歩き回っているのを園長に知られたら、きっと怒られるでしょう。けれども、園長やフィンに相談している時間はありません。園長がやってくるのを待っていたら、フェオドールを撃った犯人に逃げられてしまいます。

リリは立ちあがりました。「行きましょう」

けれどもイザヤはすわったまま、うつろな目をしていました。

「いっしょに来て！」

イザヤははっとしましたが、あきらかにふさぎこんでいました。それを見て、リリの心がちくりと痛みました。イザヤがひどく苦しんでいることはまちがいありません。うちあけてくれればいいのに！　けれども、今はその時間はありません。「お願い……」リリはもういちどお願いしました。「イザヤ、あなたの助けが必要なの。わたしひとりではできないわ」

イザヤはじっとリリを見つめていました。イザヤは自分自身とはげしく戦っているようでした。

「スーゼウィンド嬢！」ほかの動物たちと檻の前で待っていたシュミット伯爵夫人がせかしました。

「スーゼウィンド嬢、ぐずぐずしている場合ではありませんぞ！」フェオドールもいっしょになって言いました。

イザヤが立ちあがりました。「オーケー。それじゃあ、行こう」

リリはほっと胸をなでおろしました。イザヤが決心して歩き始めたので、リリはそれにつづきました。

「どろぼうはどっちへ行ったの？」イザヤがたずねました。リリはイザヤの質問を動物たちに伝えました。そのとき、イザヤの使った言葉がおかしいことに気がつきました。どうしてイザヤは侵入者を〝どろぼう〟だと思ったのでしょうか？

「また、きょうれつなにおいがしてきたぞ」ボンサイがキャンキャンほえました。

リリは注意深く耳をかたむけました。「どういうこと？」

ボンサイは地面に鼻をおしつけるようににおいをかいでいます。「きのうと同じにおいがするんだ」

リリは足を止めると雷にうたれたように、ボンサイをじっと見つめました。侵入者は、きのうの夜にマグヌス・オブスクラの家の前で見かけた男と同じ人物でしょうか？　その男が、動物をぬすみに来たのでしょうか？　イザヤはなにか知っているのでしょうか？

「こちらでございます！」シュミット伯爵夫人が鳴きました。「においはこちらの方向につづいていますわ！」

「チビ、その通りだ」シャンカルが言いました。

みんなは歩きだしました。ライオンが先頭に立って歩いていましたが、シュミット伯爵夫人が追いこしました。「わたくしを先頭にしてちょうだい！　わたく

しが先頭にいればまちがいございませんわ！」

「あんた、マジで笑わせてくれるよな、お嬢さんよ」シャンカルが声をとどろかせました。「つべこべ言ってないで、だまってうしろからついてこい！」

シュミット伯爵夫人はきげんをそこねて鼻をつんと高くあげると、うしろにさがり、フェオドールの横をさっそうと歩いていきました。

リリはほおをつねって、悪い夢でも見ているのではないかと確かめました。真夜中に、ライオンとトラとヒョウを連れて園内を歩き回っているのですから！

みんなはしのび足で小道を歩き、わかれ道の一方に進んでいきました。月明かりに照らされた道を、目立たないようにそろりそろりと歩き、やがてサル舎にたどり着きました。なんと、サル舎のドアが、目いっぱい開いています。

シャンカルは立ち止まりました。シュミット伯爵夫人が前へ出てきました。「この建物の中に犯人がいますわよ！」

シャンカルがうなり声をあげました。「そんなことわかってるよ……」

リリは不安になってきました。侵入者はサル舎の動物をぬすもうとしているのでしょうか？

「シュミット伯爵夫人！」ヒョウがささやきました。「悪党の退治はわたしにおまかせください」

「おまえらは引っこんでろ！」シャンカルがシュミット伯爵夫人とフェオドールをおしのけました。「おれが行く」

サミラがシャンカルのあとにぴったりとついていきます。サミラの息がとても荒くなっていました。赤ちゃんライガーたちはだいじょうぶでしょうか？

「悪党はおれが引っとらえてやる」シャンカルが小さな声で言いました。

イザヤはリリをつつきました。「ま、まさか、猛獣たちだけで……な、中に入ろうとしているの？」イザヤはつかえながら言いました。イザヤの視線がリリとライオンの間を行ったり来たりしていました。

「そうよ。ライオンとトラは強いから――」

「リリ！　危険だよ！」イザヤは息を切らしていました。「人間をつかまえるのに、猛獣に追いかけさせるなんて！　大けがしちゃうよ！　もっとひどいことになるかも！」

そのときリリは、もっと慎重に行動しなければならないことに気がつきました。「犯人にはおそいかからないで！」リリはシャンカルとサミラにさけびました。「けがをさせないでね！」

「つかまえるだけだ」シャンカルは約束しました。「呼ぶまで、ここで待っててくれ、わかったか？」それから、シャンカルはシュミット伯爵夫人をキッとにらみつけました。「ついてくるなよ、チビ！」

猫の貴婦人は、ふんがいしてきばをむきましたが、シャンカルは平然と背中を向けました。ライオンとトラは物音をたてず、しなやかな動きでサル舎にしのびより、中へ姿を消しました。あたりはしんと静まり返りました。

一分後。ものすごいさわぎがおこりました。サル舎の動物たちが猛獣に気づいたのです。

「野獣の攻撃だ！　警報！」ヒヒが耳をつんざくような声でさけんでいます。

「みんな、おきろ！　かくれるんだ！」オランウータンがほえます。

そんな中、チンパンジーだけはちがうことをさけびました。

「どうしたんだい？　なんで、寝ちゃうんだい？」それは、チキトンバの声です。

「よそものが、オリを眠くしちゃった！」

リリの息が止まりました。侵入者がチンパンジーをおそったのです！　男はチンパンジーを銃で撃ったのでしょうか？

リリはじっとしていられず、走りだしました。ヒヒとゴリラとオランウータンはひどく興奮し、リリに警報を呼びかけ、くるったように檻の中を飛び回っています。けれども、リリの注意は開けはなたれたチンパンジーの檻にそそがれていました。ちょうど、トラの尾が中に消えていくところでした。

リリは急ぎました。チキトンバはさけびつづけていました。

「おきてよ！」そのときチンパンジーが恐怖のさけび声をあげました。「あそこ！狩人よ！　気をつけて！」

リリはチンパンジーの檻に走りよると、びっくりして口をおさえました。シャンカルがきばをむいて檻の中に立っていました。ぴんと体をはり、登り棒のうしろにかくれている幼ないチンパンジーにねらいを定めていました。ほかのチンパンジーたちはパニックになって、はしごやはりめぐらされたロープをよじ登り、高いところに避難していました。

ライオンは低いうなり声をあげ、舌なめずりしました。「うまそうなおつまみだ……」

「シャンカル！」リリはきびしい口調で注意しました。「なにしてるの!?」

「おっ！」ライオンは身をかがめました。「リリ！　いや……、その……」ライオンは、蚊を追いはらうように頭をぶるっとふりました。「ごめんよ、その、おれとしたことが……」

そこへ、イザヤがかけこんできました。「どろぼうはどこ？」

うしろからシュミット伯爵夫人とフェオドールとボンサイも走ってきました。

「そうよ、侵入者はどこにいるの？」リリはシャンカルにたずねました。

ライオンの代わりにチキトンバが答えました。チキトンバは木のかげから顔を出すとさけびました。「よそものは逃げていったよ！　そいつはオリを空気でたたいて眠くしちゃったんだよ！」

恐ろしさのあまり、リリの体がふるえました。

「そいつはオリを袋に入れようとしたんだよ！」チキトンバは興奮しながらつづけました。「だけど、みんなでオリを守ってよそものを追いだしたんだ！」

リリはぞっとしながら耳をかたむけていました。「キング・オリはどこにいるの？」リリはたずねると同時に、檻のすみに横たわる大きなチンパンジーを見つけました。チンパンジーはあお向けになって、眠っているように見えました。リリはチンパンジーに歩みよると体を調べました。オリは意識を失っているだけで、

けがはしていません。そのとき、リリはなにかをふみつけました。麻酔用のふき矢でした。ふつう、これはお医者さんの診察や治療を受けたり、ほかの場所へ運ばれたりする動物たちが、不安を感じあばれるときに用いられます。

リリはイザヤに床に落ちていたものをさしだしました。「だれかが、麻酔の矢をフェオドールに当てようとしたのよ。でも、うまくいかなかったから、キング・オリを標的にした。そして袋に入れて運びだそうとしたのよ！」リリは冷静に説明しました。

矢を受け取ったイザヤの手はふるえていました。イザヤは、恐怖におののいていました。

ちょうどそのとき、シュミット伯爵夫人がいばって歩いてくるとニャアと鳴きました。「スーゼウィンド嬢、フェオドール侯爵とボンサイ伯爵とわたくしで、ならずものの狩に出とうございます。先ほどその役割を力ずくでうばったそこの猛獣のおふたりは、ただいま、ほかのことでおいそがしいようですから」

「なんですって？　どうして？　サミラはどこにいるの？」リリはきょろきょろしました。

サミラは檻のすみにすわりこみ、長距離を走りぬいたあとのように、ハアハアと苦しそうに息をしていました。シャンカルはサミラの横に立って、心配そうに見つめています。

リリは青ざめました。「赤ちゃんが生まれる！」

三つの小さな奇跡

「スーゼウィンド嬢、侯爵とボンサイ伯爵とわたくしは、ここにいる必要はないと思うのですが？」シュミット伯爵夫人がしつこく言いました。

「そうですね。犯人をつかまえてください！」リリはあわてて言いました。「動物たちがけがをさせられたり、ぬすまれたりしたら困りますから！」ヒョウと犬と猫だけで行動させるのがいいことか、リリには自信がありませんでした。でも、リリには今、侵入者を追いかけることはできません。サミラをひとりぼっちにさせるわけにはいかないのです。

「ボンサイ！　シュミット伯爵夫人とフェオドール侯爵といっしょに行って！きょうれつなにおいの人を探してちょうだい！」

「了解！」ボンサイはワンワンほえるとビュンと勢いよく走りだし、フェオドールとシュミット伯爵夫人が追いかけました。三匹がいなくなると、リリはサミラを見つめました。

「イザヤ！」リリはささやきました。「見て！」

サミラの前に、小さなぬれた赤ちゃんが転がっています。一番目のライガーが誕生しました。シャンカルは目を丸くして見つめています。赤ちゃんが動くと、ライオンは大きな鼻でクンクンにおいをかぎました。サミラはシャンカルの鼻先をそっとわきへおしやると、赤ちゃんをていねいになめて、体をおおっていたうすいまくをとってあげました。サミラは、赤ちゃんのトラじまがくっきり見えるようになるまでなめつづけていました。赤ちゃんの姿は小さなライオンのようでしたが、体全体にしまもようがあり、赤っぽい色をしていました。

リリはイザヤの手をにぎりましたが、一言も声を出しませんでした。

チンパンジーもじっと静かにしていました。好奇心にかられてかげからこっそりと見守っていましたが、目の前のできごとに気がつくと、おごそかな表情になりました。

シャンカルは、自分たちのはじめての子どもの誕生に、胸がいっぱいになっているようでした。シャンカルは用心深く鼻先で赤ちゃんをつつきました。

「ヘイ、ジュニア！」

「女の子よ」サミラが伝えました。

シャンカルははっとして、頭をふりました。それから弱く息をはきだしました。「世界でいちばん足の早い娘だ！」

赤ちゃんライガーは、よろよろ立ちあがると、よたよたと前へ進みました。

「リリ、こっちに来てちょうだい！」サミラが呼びました。

リリはイザヤの手をとって、サミラの横にこしをおろしました。そして、ぬれ

たしまもようの赤ちゃんの体をそっとなでました。すると、赤ちゃんは首を回し、小さな口でリリの指をくわえ、すい始めました。リリはふるえながら笑いました。胸がいっぱいになって、なみだがこぼれてきました。

「名前をつけてちょうだい」サミラがリリに言いました。

「名前？　わたしが？」リリはとても驚いていました。「どうしよう……」

「タイガーリリーなんてどうだろう？」イザヤが小さな声で言いました。

「タイガーリリー……」リリはささやくと言葉をつまらせました。

「そうだ！　タイガーリリーだ！」シャンカルがさけぶと、興奮しながら前足で床をガリガリかきました。「娘の名前はタイガーリリーだ！」

すると、サミラはふたたびあえぎ始めました。二番目のライガーの誕生です！

リリとイザヤは大きく目を見開いて、赤ちゃんが産まれるようすを見守っていました。生まれたばかりの赤ちゃんはうすいまくにおおわれ、手足をバタバタ動かす小さな毛のかたまりのようです。リリが感動してイザヤの手をぎゅっとにぎ

ると、イザヤは小さなうめき声をあげました。リリは、サミラが慎重にへその緒をかみちぎり、赤ちゃんをたんねんになめているようすを、息を止めて見守っていました。二番目の赤ちゃんも、トラのしまもようのあるメスでした。

赤ちゃんは、すぐに立ちあがり、かかんに足をふみだし、父親に向かってよたよた歩いていきました。

「この子はオテンバさんね」サミラはあらあらしく息をしながら言いました。

舌をたらしてハアハア息をしながら見守っていたシャンカルが、高い声で言いました。「ハロー、娘よ！」

「こんどはあなたが名前をつけて」サミラはリリにお願いしました。

「いいわ」リリは考えました。「シラにするわ。シャンカルとサミラから一文字ずつとったの」

「でも、この子はシャンカルよりもサミラに似ているよね」イザヤがささやきました。

それからすぐに、三番目のライガーが誕生しました。リリとイザヤは口をぽかんと開けたまま出産のようすを見守っていました。サミラが赤ちゃんをきれいになめると、うすいしまもようの、砂色のライガーが姿をあらわしました。

「シャンカル」サミラはささやきました。「男の子よ」

「はっ！」シャンカルはぎこちなくぴょんと飛びました。「やったあ！　ジュニアの誕生だ！　おれには足の早いトラの娘と、無敵のライオンの息子ができた！」シャンカルはほこらしげに胸をふくらませてさけびました。「行くぞ！　えい、やっ！」

リリは心から笑いました。

「この子はうっすらとしまもようのあるシャンカルみたいだね」イザヤがつぶやきました。「本物の百獣の王みたい。ミニ・レオだ」

「レオじゃないわ。ライガーだからライオよ」リリは大きな声で言いました。

「そうだ！　この子の名前はそれだ！」シャンカルは声をあげました。「ライガー

の王、ライオだ！」シャンカルはほこらしげにたてがみをふりました。

三匹の赤ちゃんライガーはまだ目が見えないので、おたがいの鼻先をぶつけ合いながら、よろよろと歩き回っていました。それからサミラは赤ちゃんをやさしくおなかに引きよせました。ライガーは母親の乳首を見つけると、もぐもぐと口を動かし、ごくごくおっぱいをのみました。

シャンカルは首をかしげていました。「なにをしているんだ？」

「ミルクをのんでいるのよ」リリは説明しました。

「なんだって？」ライオンは耳を返しました。「サミラはミルクを作れるのか？」

リリも、サミラがあたりまえのように赤ちゃんの面倒を見ているので驚いていました。サミラははじめて赤ちゃんを産んだのに、なにもかも知っています！

「どうしてわかるの？」リリはトラにたずねました。

サミラは落ちついて言いました。「はじめからわかっているのよ」

リリはほほ笑みました。これは動物たちにはしばしば見られる光景です。動物たちは教えられなくても、本能でわかっています。サミラも、赤ちゃんが誕生したらすぐに乳首からミルクが出てくることを、教えられなくてもわかっているのです。

そのとき、一頭のチンパンジーが大声をあげました。「みんな、木に登れ……みんな……気をつけろ！」キング・オリの意識がしだいにもどってきたのです。

リリはすぐにチンパンジーのリーダーの具合を確かめました。

キング・オリはまだぼんやりしていました。「よそものだ。注意しろ……」チンパンジーはしわがれ声で言いました。

「キング・オリ！」リリは大声で呼びました。「しっかりして！」

「なんだ？　だれだ？　どこだ？」チンパンジーは飛びあがると、きょろきょろしながら、頭をさすりました。「よそものがいて……攻撃しにきた！」

「もう行っちゃったわ」リリはチンパンジーを安心させました。「その人のせいよ。あなたが眠ってしまったのは。でも、もうだいじょうぶ」

「みんな！」キング・オリは体をおこすと、かたまってようすをうかがっている仲間を見ました。

すると、チキントンバが床に飛びおりました。「オリ！　猛獣がいるよ！　おまけに、数がふえたんだよ！　それも、あたしたちのなわばりの中で！」

「なんだって？」キング・オリは耳を立てました。「けいほー――」

リリがオリをさえぎりました。「警報はいらないわ！　ライオンとトラはわたしの友だちなの。赤ちゃんが生まれたの。やさしくしてあげて」

キング・オリとチキントンバは用心しながらシャンカルとサミラを見ました。チンパンジーやゴリラやオランウータンとネコ科の猛獣が友だちになることは、自然界では決してないからです。

「ちっちゃいのがいるな」キング・オリがグーグーうなるような声を出しました。

チキントンバはポールをゆすりました。「言ったじゃない！　ここでふえたって！　ちっちゃいのは、シマシマのほうから出てきたのよ！」

チンパンジーのリーダーはネコ科の猛獣たちを観察してから言いました。「とりあえずそっとしておいてやろう」

リリは安心してほっと息をつきました。それからまもなくすると、タッタッタッタと小走りの足音が聞こえてきました。すると、シュミット伯爵夫人がしとやかに、つづいてフェオドールがどうどうと、そしてボンサイが元気よく入ってきました。

「スーゼウィンド嬢、おはずかしいことになってしまいました！　ならずものにまんまと逃げられてしまいましたわ！」猫はわめきました。「わたくしたちの狩は失敗におわってしまいましたわ。情けない……」

すると、イザヤが近づいてきました。「なんて言ってるの？」イザヤは冷静なふりをしていましたが、不安でいっぱいなのが声にあらわれていました。

「犯人をつかまえられなかったんだって」リリが答えると、イザヤはゆっくりとうなずきました。

「われわれだって、大いに知恵をしぼって追いかけたんだ」フェオドールが報告しました。「だが、その悪党の知恵は、われわれよりも勝っていたとみとめざるをえない。そいつを発見したときには、すでに境界線の外にいたんだ」

「犯人は、もう動物園の門の外にいたのね？」リリはたずねました。「その人を見たの？」

「じっさいにこの目で見ましたよ、スーゼウィンド嬢」ヒョウは、追跡をとても楽しんでいたようです。

シュミット伯爵夫人が言い足しました。「そのときは、しっかりとカギをかけていましたわ。それまではとてもだらしなかったのに」

リリはうなずきました。侵入者は、フェオドールとチンパンジーの檻のドアは開けたままにしていましたから。

こんどはボンサイが声をあげました。「そいつは黒い顔だったよ！」

「黒い顔？」リリはくり返しました。「それって、ふく面をしていたということ？」

ボンサイははりきって足ぶみをし、熱くなってキャンキャンほえました。「そうだよ！　なにかをかぶっていたんだ。あいつは、自分の体のにおいの上にもなにかかぶってたよ」

リリは考えていました。どうして侵入者はにおいのきつい香水をつけていたのでしょうか？

「もうビネガー大佐に連絡したほうがいいよ」とつぜん、イザヤが言いました。

イザヤの言葉で、リリの興奮がぱっと冷めました。園長！　サミラの出産が始まったら、すぐに知らせる約束をしていたのです！

「うわ……怒られちゃう」リリはつぶやきました。「侵入者のことはどう説明しよう？」

イザヤの表情が曇りました。「どうしても説明しなければならないことかな？」

「もちろんよ！　そうしないと、チンパンジーの檻の中でライガーが誕生したことを説明できないでしょ？」

イザヤはうなずきました。「それなら仕方ないね……」

リリはイザヤをするどい目つきで見つめました。こんなことをいつまでもつづけるわけにはいきません！　なにがあったのか、イザヤに説明してもらわなければなりません！

「すぐにビネガー大佐に電話するわ。大佐に説明して、ライガーのことが片づいたら、次はあなたの番よ。わたしにちゃんと話して！」

いつもとはちがう命令口調のリリを、イザヤは驚いた表情で見つめていました。イザヤの表情は、不安でいっぱいでしたが、リリにひみつを話してしまいたいと願っているようでもありました。

リリは、とりみだしながらビネガー園長に電話をすると、サル舎にできるだけ早く来てほしいと伝えました。

十分後。園長はフィンをしたがえて、チンパンジーの檻にかけこんできました。

園長は、きょろきょろ見回し、檻のすみに横たわるサミラを見つけました。三匹の小さなライガーが、サミラのおなかにまつわりつき、ぐっすりと眠っています。その横で、シャンカルが目を丸くして子どもたちを見守っていました。

チンパンジーたちは、すわったり、ロープにぶらさがったりして、おとなしくしていました。あいかわらず、猛獣に不安を感じていたのです。

フェオドールはいげんに満ちた態度で、その横ではシュミット伯爵夫人がえらそうな表情で立ち、そしてボンサイは愛想よくしっぽをふっていました。

ビネガー園長は両手をこしに当てると、リリを見すえて言いました。「ゆっくりとはじめから話してちょうだい」

リリは説明し始めました。細かく真実だけを伝えました。侵入者についても、動物たちから聞いたことをすべて報告しました。

ビネガー園長は熱心に耳をかたむけていました。そして話を聞きおわると、けいたい電話をとりだし、警察に通報しました。

リリの横で、イザヤが音をたててゴクリとつばをのみこみました。

園長は電話を切ると腕組みをしました。「もっと早く知らせてくれるはずじゃなかったかしら？　約束したでしょ？」

リリはきんちょうして片方の足で反対の足をふみました。「ごめんなさい。その……わすれてしまったんです。いろんなことが重なって、なにも考えられなかったんです」

ビネガー園長はあきらめたように手をふり、ため息をつきました。「すぎてしまったことは、どうしようもないわ。それより、すぐに動物たちをそれぞれの檻にもどしましょう。ここは、猛獣のいる場所ではありませんからね」

「みんなに伝えます！」リリは、シャンカルとサミラに、檻にもどらなければならないことを説明しました。

サミラは立ちあがるとそっとシラの首筋をくわえました。シャンカルはびっくりしてサミラをながめていましたが、自分も同じようにライオをくわえました。

タイガーリリーが残っています。

「この子はわたしがだっこしてもいい？」リリがたずねると、サミラはもごもごとうなるように、「いいわよ」と返事をしました。

リリは赤ちゃんライガーをだきあげ、自分の胸におし当てました。タイガーリリーはぴたりとリリに体をおしつけ、満足そうにミーミーと声をあげました。

リリが別れを告げたとき、チンパンジーたちは、安心したようなそぶりを見せました。これで檻にふたたび平和がもどってきます。こうして、四人の人間と三匹のライガーとライオンとトラとヒョウと犬と猫は、サル舎をあとにしました。

すでに夜が明け、太陽がのぼり始めていました。リリは朝焼けでピンクに染まった空をながめながら、きょうはどんな一日になるだろう、と考えていました。今すぐイザヤがひみつをうちあけてくれないと、もっと悪い方向に進んでいってしまう――リリは予感していました。

イザヤのひみつ

　リリとイザヤがスーゼウィンド家の庭にもどってきたときには、太陽はすでに高くのぼっていました。ボンサイとシュミット伯爵夫人は、リュックサックからはいでると、それぞれの寝床に、よたよた歩いていきました。

　リリとイザヤもくたくたでしたが、まだ家に入ることはできません。イザヤは気が進まないようすでしたが、リリはそんなことはおかまいなしに、イザヤを茂みに引っぱりこみました。リリは、きょうこそイザヤから話を聞くと心に決めていました。

　茂みの中にすわると、リリから切りだしました。「どんなことであろうと、わたしには話して！　侵入者のことで知っていることがあるなら、お願いだから教えて！　わたしたちは親友じゃない。なんでもうちあけられるでしょ！」

　イザヤはリリの話にじっと耳をかたむけていました。リリの一言ひとことで、

イザヤの拒絶するような表情がやわらいでいきました。そして、とまどいながら話し始めました。「ぼく……知ってるんだ。きみが……だから……」イザヤは首をふりました。「ぼくは……」すると、へなへなとくずれ落ちるように下を向くと両手で顔をおおいました。

リリはとまどいながらイザヤを見つめていました。イザヤが泣いています！リリはイザヤのひざに手をおくと、だまってそのままよりそっていました。こうしてしばらく、ふたりは静かにすわっていました。

やがて、イザヤは両手をおろすと、腕で顔をぬぐいました。目は、つかれとなみだで赤くなり、病人のようでした。イザヤはチンと鼻をかむと、おし殺すような声で説明しました。「おとといのことだけど。ぼくたちが大富豪の屋敷に行ったとき……」イザヤはいったん口をとじると深く息をすい、話をつづけました。「……あのとき、ぼくは家の前に車が止まっていたのに気がついた」

「車？」リリはあの日、車があったことに気づいていませんでした。「その車がど

うかしたの？」

「それは……その……それは、コルネリウスおじさんの車なんだ」

「え、なんですって？」リリはイザヤの話を頭の中で整理しようとしました。「それって、おじさんとオブスクラは知り合いだということなの？」

「つまり、その……おじさんはオブスクラのために働いているらしいんだ」

リリにはイザヤの話が信じられませんでした。「お、おじさんが……は、働いている……」リリはつかえながら言いました。「まちがいないの？」

「まちがいないよ」イザヤはきんちょうして、一枚の葉っぱをいじくり回していました。「あそこでおじさんの車を見てから、ぼくはおじさんの行動をしっかりチェックしていたんだ。そうしたら、なんどもオブスクラと電話で連絡をとり合って、毎日、空港と屋敷を行ったり来たりしていた……」

「空港？　そこでなにをしていたの？」

「おじさんは空港で、めずらしい動物を外国から違法に輸入する密輸業者と会っていたんだ」イザヤは木の葉を引きちぎりました。

リリの頭がくらくらしました。リリは、動物の密輸業者がなんなのか、よくわかっていません。

イザヤはとほうにくれた表情でリリを見ると説明しました。「密輸業者というのは、アフリカや南アメリカやアジアで、めずらしい貴重な動物をつかまえて、法律に違反した方法でこっそりと運んでくる人たちだよ。手荷物やトランクの中にかくして飛行機で運んだりするんだ。それらの動物たちは、絶滅の危機にひんした種類であることが多い。オウムやサルの仲間、ヘビやクモ、トカゲやカメなど、ありとあらゆる動物を連れてくる。輸送のとちゅうで死んでしまう動物もたくさんいる。長い時間きゅうくつな場所におしこめられて、ほとんど呼吸できないから……」

リリはひざをかかえました。急に、寒気がしてきました。「生きのびた動物たちはどうなるの？」リリは静かにたずねました。

「おじさんは、空港で密輸業者から動物たちを引きとり、オブスクラにとどけている」

「それで、その人は動物を……実験に使っているの？」リリはためらいながらたずねました。

すると、イザヤが答えました。「それはないみたい。あの家には、実験室はないと思う。ぼくの予想はまちがっていた。ぼくが調べたかぎりでは、オブスクラは動物を飼って楽しんでいるだけらしい。いわゆるペットとしてね」

リリはほっと息をはきだしました。すると、すぐにイザヤが言いました。「それだって、動物実験とたいしてかわらないよ！　オブスクラは、動物たちをひどい環境で飼育しているんだから。アームストロングが説明してくれたよね！　きゅうくつな檻の中にとじこめられて、ほかの動物たちも怖がっているって」

リリは、恐怖におびえるアームストロングの目を思い出しました。リリの背中がぞくぞくしました。

イザヤはにくにくしそうに目を細くしました。「オブスクラは動物を虐待している。それなのに、コルネリウスおじさんは、そんなことはどうでもいいと思っている。オブスクラからたくさんお金をもらえるからだよ」

リリはもの問いたげにイザヤを見つめると、イザヤは苦しそうに息をしながら言いました。「ふたりが話し合っているのをこっそり聞いたんだ。オブスクラはコレクションを手に入れるたびに、ばく大なお金を支払っているんだ」

「コレクション？」リリはくちびるをかみました。「わたしが陶器の人形を集めているように、動物を集めているの？」リリはあきれたように言いました。「動物は、感情や個性を持った生きものなのに！「どうしてそんなことができるのかしら？それに、おじさんだってどうしてそんなことに協力しているのかしら？」

「ぼくにもわからない」イザヤはしかめっ面をしました。「おじさんがこんなことをするなんて、夢にも思わなかった」

リリの頭の中に、次々と考えがおしよせてきました。木箱に入ったワシを富豪

の家へ運びこんだのは、コルネリウスおじさんにちがいありません！　こんどはリリが、ボンサイと屋敷の前で見たことを、イザヤに語りました。

「そうだよ。それは、きっとおじさんだよ」イザヤはしんけんな表情で答えました。

「どんな車だった？」

「わからないわ。車の形のことまで気をつけていなかったから」

　イザヤはだまってうなずきました。

　それからリリは、ずっと心に引っかかっていたことをたずねました。「アームストロングを動物園から連れだしたのも、おじさんなの？」

　イザヤは悲しそうにリリを見つめました。「確かではないけれど、そうだと思う。コルネリウスおじさんが動物園を訪れたときのきみの話から考えると、あの日、おじさんはきみのカギをぬすんだんだよ。言ってたよね、おじさんがきみをぎゅっとだきしめたって……」

　リリは口をぱくぱくさせました。「そうよ！　あのときよ……。あの日の朝には、まだカギを持っていたんだもの！」

「きみのカギを使ってアームストロングの檻を開けたんだ」

「でも、どうやってアームストロングをおびきよせたのかしら？」リリは話しおえる前に、答えを思いつきました。「チョコバーだわ……」リリはつぶやきました。とつぜん、アームストロングがいなくなった直後に、檻の前でビネガー園長がチョコバーのつつみ紙をふみつけたことを思い出しました。「コルネリウスおじさんは、アームストロングをチョコバーでおびきよせたのよ！」

「そうかもしれない。そして、おじさんはチンパンジーをつかまえて、リュックサックに入れたんだよ……」

「……それで、マグヌス・オブスクラのところへ連れていった」

ふたりは困惑し、だまりこんでしまいました。しばらくすると、リリがささやきました。

「きのうの夜、動物園に侵入したのはおじさんね」

「ぼくもそう思う」

「ぜったいにそうよ。ボンサイが、おじさんのにおいをかぎつけていたもの」

「なんだって？　ボンサイは、おじさんが犯人だって言ったの？」

「言ってない」リリは、ボンサイが富豪の家の前でかいだ、きつい香水のにおいをきのうの夜にもかいだと説明しました。

「香水？」イザヤの体の動きがぴたりと止まりました。イザヤの頭がカタカタ音をたてて回転しているのが聞こえてきそうです。「これでわかったぞ！」イザヤは、電気が体の中に流れたようにぴくっと身ぶるいしました。「おじさんは、おとといから、いつもとはちがうデオドラントスプレーを使い始めたんだ。とても香りのきついスプレーだよ！　こそこそと家の外で、頭のてっぺんからつま先まで、たっぷりふきつけているから、おかしいと思っていたんだ……」イザヤは考えこんでいました。「おじさんは、そうやって自分のにおいをかくそうとしたんだ。きみが動物と話せることを知ったからだよ」

　リリは、わけがわからずまゆを高くあげました。

「動物は、きゅう覚が発達しているから、だれがどこにいるのかかぎわけられる」

イザヤは説明しました。「ボンサイやシュミット伯爵夫人が、おじさんのにおいをかぎつけたら、すぐにきみに伝えてしまうだろう。そうさせないようにするために、おじさんは自分のにおいを消そうとしたんだ。においのきついスプレーのせいで、動物たちもおじさんがいたことには気がつかなかったというわけさ」

「おじさんは、きのうの夜はなにをしようとしていたのかしら？」

「オブスクラのために、てきとうな動物をぬすもうとしたのだと思う。きみのカギを持っているからね。カギがあれば、動物園の中で好きなことができる。はじめにフェオドールで失敗したから、キング・オリにしたんだよ」

　リリはあごをひざにのせました。これで、すべてがわかりました。けれども、一つだけ、理解できないことがありました。

「どうして話してくれなかったの？」リリは静かにたずねました。「アームストロ

ングがどこにいるのか、あなたは知っていた。マグヌス・オブスクラの家では動物たちが苦しめられていることを、あなたは知っていた。それなのに、なにもしようとしなかった！」

イザヤはがっくりと肩を落としました。「伝えようとしたんだ。ずいぶんと悩んで……」イザヤは深く後悔しているようでした。「でも……だいいち、オブスクラの家でなにがおこっているのか、ぼくには百パーセント自信があるわけではないんだ。話がうまくつながるように考えてはみたけど、それがすべて当たっているかどうかはぼくにもわからないよ。それから……」

「それから？」

イザヤは目をこすりました。「コルネリウスおじさんは、ぼくの親戚のおじさんだよ。そんなにかんたんに警察に連絡なんてできないよ」

「でも、動物の密輸を手伝っているのよ！」リリは答えました。「コルネリウスおじさんがあなたの親戚であろうが、親切な人であろうが、おじさんがやっていることはまちがっているわ！」

「わかっているよ」イザヤは苦しそうな表情で笑いました。

リリは口をとじました。そのときリリは、イザヤの体がふるえているのに気がつきました。

「ぼくはとても弱虫なんだ」イザヤは小さな声で言うと、腕の中に顔をうずめました。「おじさんが逮捕されてしまったら……両親が帰ってくるまで、ぼくといっしょにくらしてくれる人がいなくなってしまう。そうしたら、ぼくは施設に入れられてしまうかもしれない」

リリは驚きました。そんなことを考えてもみなかったからです。

「トリクシィとトリーナにはおばあちゃんがいるじゃないか……」イザヤはほとんど聞こえないくらい小さな声でつぶやきました。「だけど、ぼくにはコルネリウスおじさんしかいないんだ。ぼくがおじさんのひみつをあばいたら、ぼくは……ひとりぼっちさ」

「そんなことないわ！」リリは大きな声で言いました。「わたしがいるじゃない！　それに、わたしの家族だって！　あなたはひとりぼっちなんかじゃない！」

　イザヤは、ゆっくりと顔をあげました。「そう言ってくれるのはうれしいよ」イザヤはシュンと鼻をすすりました。「でもね、八月のバカンスで三週間もいっしょにいさせてもらったじゃないか。きみの家族だってうんざりしているよ」

「そんなのわからないわ！　みんなに聞いてみる――」

「そんなことしなくていいよ」イザヤは手をふってことわりました。「まず、マグヌス・オブスクラの家を探ってみよう。ここで話していることはすべて想像なんだから」イザヤは視線を落としました。「動物実験のことだって、ぼくのかんちがいだったし……」

「あのお屋敷にしのびこむの？　どうやって？　警報装置がついているじゃない！」

　イザヤはぴんと胸をはり、リリをじっと見つめました。「いい考えがあるんだ」

動物たちの活躍

その日、リリは一日じゅう、石のように眠っていました。そして、夕方におきだすと、イザヤの計画を実行にうつす真夜中になるまで、どきどきしながら自分の部屋で待っていました。

夜中の十二時。リリはこっそり家をぬけだしました。玄関の前ではイザヤがすでに待っていました。イザヤの横にはシュミット伯爵夫人がすわり、しっぽでポンポン地面をたたいていました。

「わたくしをおわすれではございませんか？　わたくしに相談もなく、なにをたくらんでいらっしゃるのかしら？」猫はきげんが悪そうに鳴きました。

「ヘイ、動物園に行くの？」リリのあとをこっそりつけてきたボンサイがほえました。「それとも、あのおかしな家？」

リリはため息をつきました。「両方よ」

リリとイザヤは動物たちをリュックサックに入れると、動物園に向かって自転車をこぎだしました。イザヤの計画を実行するには、動物たちの助けが必要だからです。

動物園に到着すると、リリは犬と猫に、一言もしゃべらないで静かに門の前で待っているよう指示しました。シュミット伯爵夫人は、〝命令されるなんて、はなはだ不愉快〟と感じ、リリに返事をしませんでした。

イザヤとリリは、カワウソの囲いを目ざして急ぎました。到着するとすぐに、リリはあまり高くない囲いをのぞき、小さな声で呼びました。「キャプテン・カルーソ、ウルゼル、おきて！」

すると、カルーソが巣穴から顔をのぞかせました。「だれだ？」

「わたしよ、リリ。出てきてちょうだい！」

「おい、おまえ！」キャプテン・カルーソは巣穴にもぐり大声で呼びました。「一大事だ！」

すると、ウルゼルが先に飛びだしてきました。「ハロー、リリ！　どうしたの？」

「ハロー！　お願いがあるの。いっしょに来てほしいの」

ウルゼルはたじろぎました。「いっしょに行くって、どこへ？　〝ここ〟じゃなくて……」ウルゼルは心配そうに囲いの中を見回しました。

リリは首をふりました。「〝ほかのところ〟もあるのよ。そこへ行くの。〝ほかのところ〟で手伝ってもらいたいことがあるの」

「これは、これは！」キャプテン・カルーソがキーキー鳴きました。「大冒険が待っているんだな！　勇者には、におうぞ！　よし、行こう！　新しい岸に向かえ！　よくわからないものに反撃だ！」

ウルゼルは数歩うしろにさがりました。「あたしはまだ……ほかのところに行ったことがないし……」ウルゼルはおじけづいていました。「どこにあるのか、ぜんぜんわからないし」

リリは、ウルゼルを連れていくのはやめたほうがいいと考え直しました。二匹

のカワウソのうち、ウルゼルのほうが賢いと思っていたので、できることなら連れていきたいところです。けれども、ウルゼルには勇気がありません。

カワウソたちが話したことを、リリは急いでイザヤに伝えました。

「カルーソひとりでだいじょうぶかなあ？」イザヤがたずねました。「カワウソにやってもらいたいことは、単純なことではないんだ……」

「キャプテン・カルーソならできるわ」リリは断言しました。

すると、カルーソがさけびました。「まかせてくれ！」そして、前足で砂をガリガリかきました。「さあ行くぞ！」

リリはにこりと笑うと檻を開けました。「さあ、おいで」

キャプテン・カルーソは、迷うことなくガラスの壁のすきまを走りぬけました。

ウルゼルは、あいかわらずしりごみしていました。「ほかのところね……」

「心配しないで、ウルゼル」リリは安心させようと声をかけると、カルーソがかん高い声でさけびました。「よお、すぐにもどってくるからな！」カルーソは出

されたリリの手にぴょんと飛びのると、肩の上で、興奮しながらきょろきょろしていました。

「オーケー」イザヤが言いました。

「さあ、こんどはサル舎だ」

　リリはうなずくとチンパンジーの檻に向かいました。

　ふたりがチンパンジーの檻の中に入ったとき、みんな眠っていましたが、ハンモックに横になっていたキング・オリだけが頭をあげました。

「おや、リリ！」オリは驚いてリリを見下ろしました。「別の猫を連れてきたのか?」

「ちがうわ。こちらはカワウソのキャプテン・カルーソ」リリはほかの動物たちをおこさないように、ささやきました。

キング・オリは興味津々にハンモックから出ると、つる植物にぶらさがりながらリリとカルーソの目の高さまでおりてきました。「猫みたいなヤツだ」チンパンジーはカルーソの鼻の頭を指でつつきました。

カワウソはあとずさりすると、腹を立てて小さなきばをむいてうなりました。

「おいらは巨大なクマだぞ! 怖いだろ! グウォーー!」

「オリ、助けてもらいたいことがあるの」リリは説明しました。

チンパンジーは話を聞くと、すぐに了解しました。おだやかな動物園で生活をしていると、どんなことでも気分転換になるので、大歓迎といったようすです。

数分後、みんなは月明かりの中を出口に向かって急ぎました。門の前では、シュミット伯爵夫人がいささか気分を害した表情で、ボンサイはうれしそうに舌を出して待っていました。

「こちらはキャプテン・カルーソとキング・オリよ」リリは肩の上のカワウソと、手をつないだチンパンジーを紹介しました。

「ハロー、モジャモジャ同志！」ボンサイはうれしそうにキャンキャンほえました。けれども、アームストロングではないことに気がつき、がっかりして耳をたらしました。

シュミット伯爵夫人は二匹の新参者をじっくり観察しているうちに、好奇心がわいてきたようで、きげんを直していました。

「みなさま、お目にかかれて光栄でございます」猫はニャアと鳴きました。「シュミット伯爵夫人ともうします。高名なゴロニャン淑女、伝説の狩人でございますわ」猫は、上品に小またで歩きながら近づいてきました。

キャプテン・カルーソは、さっそくきばをむき出し、金切り声をあげました。「おいらは巨大なクマだ！　グヮォー！」

キング・オリは笑うと手をのばし、キャプテン・カルーソのおなかをくすぐりました。オリにはカワウソの姿がおかしくてたまらないのです。カワウソはひどく腹を立ててオリの指にパクリと食いつき、大声でわめきました。

シュミット伯爵夫人は、ののしるカワウソとキャッキャと笑うチンパンジーを、首をかしげて見守っていましたが、しばらくするとニャアと鳴きました。

「お作法がなってませんわね。救いがたいおふたりですわ」

リリはさわぎをおわらせると、キング・オリとキャプテン・カルーソに、これからの予定を説明しました。そして数分後、みんなは出発しました。リリのリュックサックからはカワウソと犬が顔を出し、イザヤの自転車の荷台にはチンパンジーがすわっていました。ふたりは、人目につかないよう、裏道や人通りのないさびしい道を選びました。町をぬけ、暗い農道を三十分ほど走ると、やがて富豪の屋敷に到着しました。

自転車からおりたとき、リリの胸は破裂しそうなほどどきどきしていました。

さあ、いよいよ本番です。

「マグヌス・オブスクラは、きょうはまちがいなくいないのね？」リリはイザヤに念をおしました。

イザヤはうなずくと、シュミット伯爵夫人をリュックサックから出しました。

「コルネリウスおじさんとけいたい電話で話しているのを聞いたんだ。オブスクラはきょうから二日間、旅行で留守にするって」

リリはボンサイとキャプテン・カルーソを地面におろしました。キング・オリは感激していました。そして、自転車からおりると、注意深く周囲を見回しました。カルーソも興奮してクンクンかぎ回り、ボンサイも同じことをしました。シュミット伯爵夫人だけはこしをおろして待っていました。

「次の計画を教えてくださらないかしら、スーゼウィンド嬢？」

「いい質問だわ」リリは動物たちに、リリとイザヤが計画していることや、キング・オリとキャプテン・カルーソのむずかしい仕事について、説明しました。

「それで、わたくしはなにをすればいいのかしら？」猫はたずねました。

「えー……、とても重要なお仕事があります」リリは迷いながら答えました。「あなたとボンサイは……観客です！」

シュミット伯爵夫人はあまりうれしそうではありません。「わたくし、ひじょうに眠くなってまいりましたわ。もうしわけございませんが、そちらのカルーソさんとオリさんに伝えてくださらないかしら。おふたりの出しものをさっさとおわらせてちょうだい、って。早く家路につきとうございます」

リリはため息をつきました。

その間、キャプテン・カルーソはちょろちょろ歩き回り、ぶつぶつ唱えながら暗記に集中していました。カワウソは、この計画のカギをにぎる重要な存在です。与えられた課題をしっかりと覚え、なしとげなければなりません。

やがて、イザヤが出発の合図を送りました。リリののどは、からからにかわいていました。イザヤとリリとキング・オリとキャプテン・カルーソは、屋敷をとり巻く壁にそって歩いていきます。観客のボンサイとシュミット伯爵夫人は、みんなを見守っていました。リリは動物たちの一つひとつの動きをしっかり見張っていました。警報装置がついているので、壁にふれてはならないことを、イザヤになんども注意されていたからです。そして、目的の場所までやってきました。

そこでリリはキング・オリにリュックサックを背負わせました。すると、計画通りリュックの中にカルーソが飛びこみました。

「さあ行くぞ、子猫ちゃん！」チンパンジーはキャッキャと笑うと、次の瞬間には、壁の横にある大きな木によじ登っていました。リリとイザヤは、木の下から一匹のようすを見守っていました。チンパンジーは、目のくらむような高さまで登ると、けんすいしながら枝から枝へ、どんどん飛びうつっていきました。そのたびに、キャプテン・カルーソの入ったリュックサックが、キング・オリの背中で右に左にはげしくゆれました。リリには見ていられませんでした。

「できるぞ！」イザヤがつぶやいた瞬間、チンパンジーは壁の向こう側にのびる

二本の枝のうちの一本に到達しました。それから、怖がるようすもなく上手にバランスをとりながら、枝の先まで歩いていきました。枝は、堀の上にかかっていました。そこで、キング・オリは予定通りカワウソをリュックサックから出し、木の枝にすわらせました。カルーソはちらっとあたりを見回すと、すぐにさけび声をあげました。

「飛べ！　キャプテン、飛べ！」そして、真っさかさまに堀に飛びこみました。

小さなカワウソは、数メートルの高さから飛びこみ、パシャンと小さな音をた

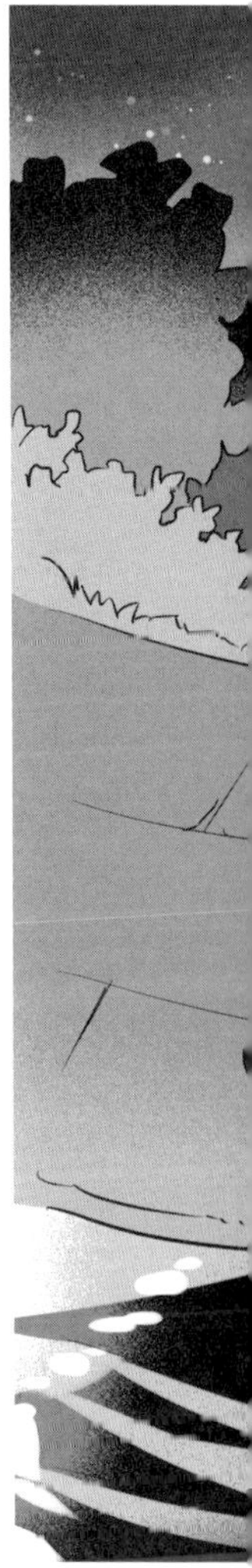

てて水にもぐりました。リリには、壁の向こうのようすはわかりません。リリは息を止め、だまって祈っていました。すると、小さなカワウソのさけび声が聞こえてきました。

「うわあ！　魚だぞ！　ちょっとくらい食ったところで文句は言われまい……」

リリは白目をむいて驚いていましたが、イザヤには、聞こえたことは伝えませんでした。やがて、あたりはしんと静まり返りました。それからしばらくの間、リリはそわそわしていました。うまくいかなかったのでしょうか？　カルーソになにかあったのではないでしょうか？

そのとき、調子のはずれたギシギシという音が、静かなブンブンという音とともにひびいてきました。屋敷の門が開き始めました！

リリとイザヤは同時にさけぶと、おたがいの手の平をたたきました。「やったね！」

まもなく、門の前に橋がはりだしてきました。キャプテン・カルーソは電気じかけの門を開け、橋をかけることに成功したのです！

リリは、ボンサイとシュミット伯爵夫人を呼びよせました。猫はとても満足そうに、言葉たくみにほめたたえました。

「眠気もふきとばす、みごとな曲芸でございましたわ」

ボンサイもキャンキャンほえました。「このショー、すごくいかしているよ」

リリは、壁の反対側からもどってきたキング・オリの手を引いて、みんなで門をくぐりました。橋の上では、キャプテン・カルーソがピョンピョン飛びはねています。

「ミッション成功！」カルーソはチチチと声をあげました。「窓のやつを通って、入り口の箱のやつを鼻でおして、ほかのやつを歯で引っぱって、三番目のやつを手で回したぞ」

「キャプテン・カルーソ、あなたは世界でもっとも勇敢なカワウソよ！」リリはさけぶと、小さなカワウソをとてもほこらしく感じていました。

イザヤは笑いました。「警報スイッチを切れるカワウソなんて、ぼくもはじめて見たよ！」

リリはイザヤに向き直って言いました。「あなただってすごいわ！ 警報装置や橋のことを探りだしてくれたんだもの。それがわからなかったら、お手あげだったのよ」

「喜ぶのはまだ早いよ」イザヤは弱々しく笑いました。「屋敷には入りこめるけど、もっともむずかしいことはこれからだよ」

イザヤに言われて、問題はまだ解決していないことにリリは気がつきました。リリは不安になってイザヤの手をにぎると、イザヤもぎゅっとにぎり返しました。

ふたりはキング・オリとキャプテン・カルーソとシュミット伯爵夫人とボンサイを連れて、富豪の屋敷に足をふみ入れました。

救出

マグヌス・オブスクラの屋敷は、とても豪華にしつらえてありました。天井からは巨大なシャンデリアがさがり、壁には金の額に入った写真がかかっています。よく見ると、どの写真もとても似かよっていました。ハンター服の男が死んだ動物の横に立ち、銃を片手ににこにこ笑っている写真です。ある写真にはシマウマが、次の写真にはライオンが、そしてその次の写真にはゾウがたおれていました。

リリは気分が悪くなってきました。

「オブスクラの趣味は狩なんだな」イザヤはひどく怒った口調でつぶやきました。

リリにはなにも答えることができませんでした。動物たちも、屋敷に奇妙なものを感じているようでした。キング・オリは身をすくめ、攻撃体勢になり、キャプテン・カルーソは、追いかけられているかのように、せかせか行ったり来たりしていました。

シュミット伯爵夫人は文句を言いました。「不気味な家ですこと」

ボンサイの足どりもどんどん遅くなり、やがて、小さな声でウォッとほえました。「リリ、うちへ帰ろうよ」

リリは答えました。「まだ帰れないわ。この家の中に、助けださなければならない動物たちがいるの」

ボンサイはリリの返事にひどくがっかりしていました。そのときです。ボンサイがワンワンほえました。「におうぞ！　この家のどこかに動物園がある。その……動物園のにおいがするんだ」

リリは考えこんでいました。ボンサイは、二日前にも屋敷の門の近くで同じようなことを言いました。「においのするほうへ案内してくれる？」

「うん、いいけど……」ボンサイは不満そうにリリを見つめると、仕方なく歩きだしました。みんなはつま先立ちになってボンサイにつづきました。

小さな犬は鼻を床に近づけ、長いろうかを進んでいきました。屋敷の中は、不

気味なほどに静まり返っていました。リリとイザヤのスニーカーと動物たちが石の床を歩く足音だけがひびいています。やがてボンサイは、大きなドアの前で立ち止まりました。

「このうしろが動物園だよ」ボンサイは知らせました。

リリはみんなに伝えました。イザヤはためらうことなくドアを開けました。ドアを開けると、その先には、暗い地下室へつづく階段が深くのびていました。

「恐怖のにおいがする」キャプテン・カルーソはつぶやくと、数歩うしろにさがりました。キング・オリも同じことを感じたようで、たじろぎました。

リリも、できることなら引き返したいと思いました。けれどもアームストロングのことを考えました。悲しそうな目をしたアームストロングの小さな顔を思いうかべると、勇気がわいてきました。リリはふるえる指で、壁をまさぐり、電気のスイッチを入れました。その瞬間、あんどのうめき声をあげました。明るくなると、気味悪さも半分になりました。

　イザヤが先頭に立ち、リリがつづいて階段をおりていきました。リリの脚はがくがくしていました。ボンサイとシュミット伯爵夫人とキング・オリも、びくびくしながらあとにつづきました。ところが、キャプテン・カルーソはリリを追い越し、つき進んでいきました。やがて、小さなカワウソのフーッと威嚇する声が聞こえてきました。

「グウォー！　おいらは巨大なクマだぞ！」カワウソはなにかにぶつかったようです！

　みんなは急ぎました。階段をおりきったところで、リリは太い電気ケーブルにつまずきました。ケーブルは、飼育ケースにつながっています。カワウソはきばをむき、飼育ケースの前でひどく興奮していました。「おいらが怖いんだな！　フーッ！」

　カワウソの目の前にはワニがいました。けれども、ワニは飼育ケースの中にいるのでカワウソをおそうことはできません。リリははじめ、ぎょっとしましたが、

状態をのみこむと、せまい飼育ケースにとじこめられているワニのことがひどく心配になってきました。あまりにもせまくて、身動きがとれません。それに、ワニはカワウソにもリリにも反応しません。弱っているようです。リリは飼育ケースのガラスに手を当てました。けれども、リリにはなにもしてあげることはできません。

それから、リリはおそるおそる地下室を見回しました。それは、恐るべき光景でした。地下室の長いろうかには、小さな檻や飼育ケースが、無数に並んでいたのです。動物たちはみな、せまい場所におしこめられていました。排泄物のひどいにおいに、リリは手で口をおおいました。こんな空気の悪い場所に、たくさんの動物たちがとじこめられているのです！　ワニの横には、毒ヘビやクモの飼育ケースがあり、数匹のヘビが黒い目でリリを見つめていました。いつこの苦しみからぬけだせるのか、たずねているように見えました。

「ここから出してあげるからね……」リリはつぶやきました。ヘビのことではリリも悪い思い出があったので、少しばかり怖いと感じていました。けれども、ハビだって生きものです。こんなひどい環境にとじこめておくなんて、あまりにもむごすぎます！

キング・オリとボンサイとキャプテン・カルーソは階段の下でかたまって動けなくなっていました。シュミット伯爵夫人は、飼育ケースに近よろうとしましたが、考え直して鳴きました。「ショーウィンドウのみなさんは、それほど魅力的ではございませんわね」そして、すばやくボンサイとキング・オリの元にもどりました。

イザヤもショックを受けていましたが、ゆっくりとろうかを進んでいきました。「のみ水もほとんどなくなっている」イザヤは声をつまらせましたが、しばらくすると、さけび声をあげました。「鳥だ！」

リリはイザヤの元に急ぎました。小さなインコを入れる鳥かごの中に、世界でもっとも強いもうきん、オウギワシがいました。リリが目の前に立つと、美しい

ワシは興奮して黒い扇のような頭の羽を立てて、ピーピー鳴きました。「きみはだれ？」

「わたしはリリよ」リリが答えたとき、ろうかの奥から絶望的なさけび声が聞こえてきました。

「リリ、リリなの？」

それは、アームストロングの声でした。リリはかけだしました。次から次へと飼育ケースや檻の前を通りすぎました。リリは中の動物たちをちらちら見ながら走っていましたが、動物たちにかまっているよゆうはありませんでした。アームストロングの元へ急がなければならなかったのです。

「アームストロング？」リリは大声で呼びました。「どこにいるの？」

「ここ！　リリ！」するどい声がひびきわたりました。「リリ……来た！」

リリはアームストロングを見つけました。自分の体とさほど変わらない小さな檻にとじこめられたチンパンジーは、柵の間から、小さな手をのばしました。

「アームストロング！」リリはアームストロングの手をにぎると檻にひたいをこすりつけました。「とうとう見つけたわ」

アームストロングはもう一つの手も出して、そっとリリの髪をなでました。

「うち？」アームストロングは小さな声でたずねました。けれどもリリは返事をすることはできませんでした。

いつのまにか、キング・オリがリリの横に立っていました。「ハロー、チビ」

オリは息をはずませていました。仲間がひどい目にあっているのを見て、オリは大きなショックを受けていました。

「パンジー！」アームストロングは声をあげると、人間のような表情で笑いました。

「きみ……ぼく……リリ……みんな……うち？」

キング・オリは首をかしげ、考えていましたが、やがて答えました。「そうだよ。みんなでうちに帰ろう」

そのとき、ろうかの反対側で、ボンサイがワンワンほえました。「警報！　だれか来るぞ」

すると、階段から足音が聞こえてきました。だれかが地下室におりてきます！

リリは体をこわばらせました。

そのときイザヤは必死になってズボンのポケットをまさぐり、けいたい電話をとりだすと、ものすごい勢いでボタンをおし、だれかに連絡をとっていました。けれども、リリの横でアームストロングが大声を出したので、イザヤがだれとなにを話していたのか、リリには聞こえませんでした。

「その男！　リリ、注意！　かくれる！」

でも、もうまにあいません。リリは階段をじっと見つめていました。階段のいちばん近くにいたボンサイは、階段をおりてくる人を見ると、とつぜんしっぽをふり、ワンワンほえました。「ハロー！　調子はどうだい？」

ぴんと体をはり、姿勢を低くして狩の準備をしていたシュミット伯爵夫人も、きんちょうをゆるめました。「あら、ようこそ」猫はやさしい声で鳴きました。

これからどうなるのか、リリはどきどきしながら見守っていました。そして、足が見えてきました……。

ボンサイはしっぽをふりながら足に近づいていきました。ところが、さっと飛びすさりました。

「これは……」ボンサイはクンクンにおいをかぐと、その場に立ちつくし、力いっぱいワンワンほえました。「リリ！　シュミちゃんのご主人さまだ！　あのにおいだ！　きょうれつなにおいの犯人は……この男だ！」

リリはどうしたらいいのかわからず、目をつぶりました。

すると、シュミット伯爵夫人も腹を立てて鳴きました。「この使用人は、なんてくさいのかしら！」

ボンサイは興奮してワンワンほえつづけていました。「気をつけろ！　この男だ！　こいつが動物園に入りこんだヤツだ！　警報！」

リリがそっと目を開けると、階段の下にはコルネリウスおじさんが立っていました。おじさんは目を丸くしていました。キング・オリがいるので、なおさら混乱しているようです。おじさんは大またでリリとイザヤにあゆみよりました。

「ここでなにしているんだ？」おじさんは顔を真っ赤にしながら言いました。

「それは、こっちが聞きたいことだよ」イザヤは答えると、おじさんのほうにふみだしました。「動物たちに水をあげに来たの？　オブスクラのために手に入れた動物たちにね」

リリは驚いて口をぱくぱく動かしました。イザヤはおじさんを問いつめようとしているのでしょうか？　それは、とても勇気のいることです！

「わたしをこっそり探っていたのか？」コルネリウスおじさんはあせっていました。「あんなに気をつけていたのに……」

「でも、十分ではなかったようだね」

「どうやって、ここに入ったんだ？　カギがないのにどうやって警報装置を切ったんだ？」

「動物たちの助けを借りたのさ」イザヤは返事をしました。「チンパンジーとカワウソに協力してもらったんだよ」イザヤは、飼育ケースの下にかくれているキャプテン・カルーソの、はみ出た長いしっぽを指さしました。

「動物園からぬすんだのか？」

「借りただけ。あとで返すよ」イザヤはおじさんをキッとにらみつけました。「でも、おじさんはぼくらと正反対のことをしている」

「わたしは……」コルネリウスおじさんはひたいのあせをぬぐいました。「すべて知られてしまったようだな」おじさんは、わなにはまった動物のようにおびえていました。「イザヤ……わたしには金が必要なんだ。借金があるんだ。だから、オブスクラにかせがせてもらっていたんだ。たくさんくれるからね」

「オブスクラとはどこで知り合ったの？」

「あるパーティーで話しかけられたんだ。彼は、わたしが借金をかかえていることを知っていたんだ。それで、どんどん話が進んでいってしまった」

「でも、動物たちはどうなるんですか！」リリはとつぜんさけびました。「動物たちはここで苦しんでいるんです！　おじさんだって、どうでもいいと思っているわけではないですよね！」

「もちろんだとも。どうでもいいなんて思っていやしないさ！」コルネリウスおじさんはさけび、自分の髪をつかんで引っぱりました。「毎晩、悪夢ばかり見ているよ。動物たちの目に追いかけられる夢をね……」

「それなのに、やめないんだ」イザヤはあきれていました。「おじさんはアームストロングを誘拐し、ここへ連れてきたんだ！」

「チンパンジーか。そうだよ……」コルネリウスおじさんは、泣きだしそうでした。

「オブスクラは、あのチンパンジーが幼いときからかわいがっていたから、どうしてもあきらめられなかったんだ。かわいくて仕方なかったんだよ。芸もいくつか覚えたし。お菓子のつつみを開けたり、拍手をしたり、手をふったり――」

「あの人がむりやりやらせただけよ」リリは不快そうにささやきました。

　けれども、コルネリウスおじさんにはリリの声は聞こえていませんでした。

「わたしが橋をわたろうとしたときだった。あの小さなチンパンジーは足の間をするりとすりぬけ、逃げていってしまった……」おじさんの声には力がありませんでした。「わたしはチンパンジーを探し回ったけれども、見つけることはできなかった。オブスクラはひどく怒り、どんどんおかしくなっていった。そんなときに、チンパンジーがリリの部屋にあらわれ、きみたちが動物園へ連れていったんだ。わたしには、チンパンジーをとりもどすしかなかった。オブスクラは気が変になる寸前だったんだ！　それで、リリが檻のカギを持っているのを知り……どうすることもできなかった」

　イザヤは困惑しながら聞き入っていました。イザヤはおじさんに同情しているようでしたが、おじさんに対してひどく失望しているようでもありました。「そしてきのうの夜、そのカギを使って動物園にしのびこんだんだね……」

「オブスクラはずっと前からヒョウをほしがっていたからね！　けれども国境を越えてヒョウを密輸するのはむずかしい。ヘビやクモを手に入れるのとはわけがちがう。それで、てっとり早く動物園で手に入れようとした」おじさんは意味もなく笑いました。「けれどもまったくの失敗におわってしまった。わたしは不器用すぎて、ヒョウに麻酔の矢を当てられなかった。そんなにはなれていなかったのに！」おじさんはふたたび笑いました。「そこで、もう一頭チンパンジーを連れていくことを思いついたんだ。オブスクラは小さいチンパンジーがとても好き

だから――」

「そんなにアームストロングが好きなんだったら、どうしてあんなにせまい檻に入れておくんですか？」リリはおじさんにたずねると、生意気なことを言ってしまったことに自分でも驚いていました。

コルネリウスおじさんは、リリをじっと見つめていました。「オブスクラには、動物の体調や気分がいいかどうかはどうでもいいんだよ。彼は、チンパンジーのひょうきんなしぐさを見て楽しんでいるだけさ。だけど、自分があきたら、檻にもどし、ほかの趣味に夢中になるんだ」

リリは腹を立ててこぶしをにぎりました。目の前にマグヌス・オブスクラがいたら、のど首に飛びかかっているところです。

コルネリウスおじさんは、イザヤをじっと見つめながら言いました。「わたしがしたことはまちがっている。けれども、どうしようもなかったんだ！」

イザヤはぎゅっと口を結びました。

「約束するよ。すぐにこの仕事をやめる。だから、きみたちが知っていることをだれにも言わないでくれ」おじさんはうったえました。「この仕事をやめるから、きみたちも、見なかったことにしてくれ！」

「でも――」リリが言おうとすると、イザヤが口をはさみました。

「それはできない。警察に通報したよ。今、こっちに向かっているはずだ」

コルネリウスおじさんは目を見開きました。「イザヤ……」おじさんは両手で頭をかかえこみました。「すぐに警察に電話して、いたずら電話だったと言ってくれ！　男の子は、よくいたずら電話をするじゃないか！」

イザヤは力をこめて首を横にふりました。「できない。おじさんがしたことは犯罪だし、とてもざんこくなことだよ。罪をのがれようとするなんて、正しい行動ではないよ」

リリはイザヤに感心し、心が温かくなってきました。イザヤにとってどれほどつらいことか、リリにはわかっていました。コルネリウスおじさんが逮捕されて

しまったら、イザヤはひとりぼっちになってしまうのですから。それなのに、イザヤは正しいことをしたのです。

コルネリウスおじさんがさらに話をつづけようとしたとき、ドタドタと重(おも)い足音が聞こえてきました。警察(けいさつ)の到着(とうちゃく)です。

うちに帰る

　それからすぐに、数人の警察官が階段をおりてきました。警察官がおりてくる前に、リリはアームストロングを檻から出し、手をつなぎました。どんなことがあろうとも、アームストロングを連れて帰らなければなりません！　そして、もう片方の手でキング・オリの手をとり、しっかりとにぎりました。

「イザヤ・ストームワーグナーさんはどなたです？」背の高いひげを生やした警察官がたずねました。警察官は地下室を見回し驚いていました。小さな飼育ケースと檻が並ぶ、悪臭ただよう地下室に、ショックを受けたようです。

「ぼくが通報しました」イザヤが答えました。

　その瞬間、コルネリウスおじさんは、がっくりと床にくずれ落ちました。

「わたしを逮捕してください！」おじさんは息を切らしながら言いました。「わたしは動物の密輸にかかわっています！」おじさんは手で顔をおおいました。「こ

んなことに手を染めてはならなかったのです。どんな問題をかかえていようが」

「まあまあ、順番を追って話を聞かせてください」警察官が言いました。

イザヤは、おじさんとオブスクラの電話をぬすみ聞きしたときのことをくわしく報告しました。

ひげを生やした警察官がイザヤの話にじっと耳をかたむけ、別の警察官がメモ帳に書きとっていました。やがて、ひげの警察官はたずねました。「このことを知ったときに、どうしてわれわれに知らせてくれなかったのかな？」

イザヤはだまってしまいました。

「自分たちの力で解決したかったのかな？」警察官はイザヤをじっと見つめ、ため息をつきました。「きみはこの家でなにをしようとしていたのかね？　そもそも、どうやって、家の中に入ったんだ？」

リリの目が大きく広がりました。とつぜん、リリは気がつきました。リリとイザヤは、勝手に他人の家にしのびこんだのです。コルネリウスおじさんより先に、ふたりが警察につかまってしまいます！　それに、警察官は、どうやって警報装置のスイッチを切ったのか知りたがるでしょう。そうなれば、チンパンジーとカワウソが手伝ってくれたことを白状しなければなりません！
すると、コルネリウスおじさんが言いました。「子どもたちはわたしのあとをつけてきたんです！　わたしは、動物にえさと水をやるためにここにいました。わたしはこの家のカギを持っています」

　リリは耳をうたがいました。イザヤも驚いておじさんを見つめていました。

「そこのチンパンジーは」おじさんはアームストロングを指さしました。「わたしがおととい動物園からぬすみだしました」

「ああ、あなたでしたか」ひげの警察官は興味深そうにたずねました。「犯人の見当もついていなかったのですよ」警察官はあごをかきました。「それで、もう一頭のチンパンジーは？」

　リリは体をこわばらせました。キング・オリがここにいることをどうやって説

明したらいいでしょうか？
「それも、動物園からぬすみました」おじさんは、リリとイザヤが答える前に、警察官に返事をしました。「わたしはきょうも動物園にしのびこみ、大きなチンパンジーとこのカワウソをぬすんだんです」おじさんは飼育ケースの下からのぞいているキャプテン・カルーソのしっぽをさしました。

リリは大きな音をたてて息をすいこみました。おじさんは、リリとイザヤをピンチから救いだそうとしてくれています！　リリはとまどいながらおじさんを見つめていました。「すぐに動物園に連絡しましょう」ひげの警察官が言いました。「動物園は、動物たちのい場所を知る必要がありますからね」

リリはほっと息をはきだしました。みんなで動物園にもどれます！

警察官はすぐに電話をかけると、ビネガー園長と話しました。それから、密輸について、オブスクラについて、そして動物たちの輸送方法について、コルネリウスおじさんにたくさんの質問をえんえんとしていました。おじさんは自分から進んで説明しました。

しばらくするとチャイムが鳴り、別の警察官が園長を地下室に案内してきました。

「なんてこと！」園長が思わず声を出しました。「なんてひどいにおいかしら！」園長はきょろきょろしました。「リリアーネ！　イザヤ！　ここでなにをしているんです？　それに、キング・オリがなんでここにいるんです？」

幸いなことに、リリは自分で説明しなくてもすみました。警察官が園長に、アームストロングとキング・オリとキャプテン・カルーソはコルネリウスおじさんがぬすみだしたと伝えてくれました。それから、リリとイザヤが密輸に関係している男を追いつめたと説明し、コルネリウスおじさんの協力があれば、密輸業者のグループを丸ごとつかまえられるかもしれないと言いそえました。「マグヌス・オブスクラは、旅行からもどりしだい逮捕します。そして、あなたにはいっしょに警察に来てもらいます」

警察官は話しおえると、コルネリウスおじさんの手をつかみました。

おじさんはイザヤを見ると小さな声で言いました。「心からすまないと思っている」

イザヤは悲しそうにうなずきました。「ぼくも残念だと思ってる」

そして、おじさんは階段をのぼっていきました。

「動物たちの面倒を見てもらえますか？」こんどは、ほかの警察官が園長にたずねました。「しばらく、動物園であずかってもらえますかね？」

ビネガー園長は左のまゆを高くあげると、きびきびとした足どりでろうかを歩き、飼育ケースや檻を一つひとつのぞきながらなんどもため息をついていました。そしてさいごに言いました。「動物たちの状態はひじょうに悪いわね。すぐに集中的に治療をしてあげなければなりません」

みんなは園長をじっと見つめていました。

「園内には、ここの動物たちを収容できる十分なスペースがあると思います」園長は説明しました。

リリは歓声をあげました。動物たちをふるさとにもどしてあげることはできませんが、動物園ですごせるのであれば、これほどすてきなことはありません！おとなたちがこれからのことを決めている間、リリはアームストロングとキング・オリといっしょにイザヤに近よっていきました。イザヤはとてもつらそうでした。

そのとき、イザヤのけいたい電話が鳴りました。「こんな時間に！」イザヤは驚いていました。すると、イザヤの表情がぱっと明るくなりました。「パパとマ

マだ！　中国はもう朝なんだ。いつも時差のことをわすれるんだから……」イザヤは急いで電話に出ました。「ハロー、ママ！」そして、きんちょうした面持ちでお母さんの話に聞き入っていました。なにやら重要なことを伝えられているようです。やがて電話を切ると、イザヤはうれしそうにリリを見つめました。「再来週、帰ってくるんだって！」

リリは思わずさけびました。ひとりぼっちがどんなにさみしいか、リリにはイザヤの気持ちがとてもよくわかります。

「それまで、うちにいたらいいわ！　二週間だけなら、ぜったいだいじょうぶよ」リリは興奮しながら言いました。「パパもママもおばあちゃんも、だれも反対しないから！　ママはね、わたしにあなたのようなお友だちがいてくれてうれしい、って言ってたもの」

「ほんとう？　お母さんがそう言ってくれたの？」イザヤがたずねました。

リリはうなずきました。「心配しないで。なにもかもうまくいくから」

リリがイザヤにほほ笑みかけると、イザヤもほほ笑み返しました。

それから一時間後。リリとイザヤとキャプテン・カルーソとキング・オリとアームストロングとビネガー園長は、へとへとになって動物園の門の前に立っていました。すでに夜が明けていました。ほかの動物たちは、あとから飼育係たちが引きとりにいくことになっています。シュミット伯爵夫人とボンサイは、動物園に向かうとちゅうでスーゼウィンド家の前でおろされました。二匹ともくたびれはてていたので、今回ばかりは動物園についていく気はまったくありませんでした。

はじめに、キャプテン・カルーソを囲いにもどしました。ウルゼルが待ちわびていました。そして、カルーソがもどるとすぐに、〝ほかのところ〟がどんなようすだったのか、質問を浴びせかけました。キャプテン・カルーソは、武勇伝を大まじめに語り聞かせました。リリもカルーソはヒーローだと思っていました。

リリは、もういちど小さなカワウソにありがとうと感謝の言葉をかけると、つづいてサル舎に向かいました。

キング・オリはふらふらしながら歩いていました。アームストロングもなんとか目を開けていました。そして、アームストロングはサル舎に入ると、興奮して鼻をクンクン鳴らしました。「うち？」

「そうよ。うちについたのよ」リリはうれしそうに答えました。

みんなはアームストロングの檻の前で足を止めました。そして、リリが檻を開けようとすると、キング・オリがリリの服のそでを引っぱりました。

「チビは、ぼくらのところでくらしてもいいか？」

リリは驚いてキング・オリを見つめました。「アームストロングはあなたたちの檻でくらしてもいいの？」

「わあい！　パンジー！」アームストロングはかん高い声でさけびました。

ビネガー園長は手をたたいてさけびました。「やれやれ、ほっとしたわ！　オリはアームストロングを群れの仲間とみとめてくれたのね！」

キング・オリはアームストロングのことをとても好きなのだ、とリリは感じていました。そしてリリの予想通り、大きなチンパンジーは小さなチンパンジーと手をつなぎ、自分の檻に引っぱっていきました。

ビネガー園長は、チンパンジーの檻のドアを急いで開けました。ドアが開くとすぐに、キング・オリはアームストロングを中に案内しました。

「おおい、みんな、聞いてくれ！」キング・オリがさけぶと、何頭かのチンパンジーが寝ぼけまなこで見下ろしました。チキトンバがあくびをしながらおりてくると、キング・オリを出むかえ、鼻をクンクン鳴らして注意深くアームストロングのにおいをかぎました。

「ここにいるチビは新しい仲間だ！」オリが説明しました。「これからここでくらすんだ」

「ハロー！」チキトンバはうれしそうにキャッキャと笑うと、アームストロング

のばさばさの毛を好奇心いっぱいになでました。

「ハロー」アームストロングはおずおずと小さな声で言いました。「うち?」

チキトンバは笑いました。キング・オリも笑うと、アームストロングをそっとつつきました。すると、アームストロングも笑いました。そのとき、アームストロングは人間のように笑ったりはしませんでした。ふつうのチンパンジーのように、グッグッグッと声を出して笑いました。

リリはそれを見たとき、胸のつかえがおりました。そして、リリもいっしょに大きな声で笑いました。リリの笑いがサル舎にひびきわたり、屋根の下でこだましていました。すると、まだ青かったバナナが、ぱっとみずみずしい黄色になりました。

おわり

「動物と話せる少女リリアーネ⑤」につづく

訳者あとがき

シリーズ第四巻。チンパンジーの誘拐事件を解明するためにほんそうするリリ。ようすのおかしいイザヤ。エラー姉妹の思いがけない真実。これまでとはちがう、はらはらどきどきのストーリー展開でした。

さて、今回のお話では、動物の密輸というむずかしい問題があつかわれていましたので、そのことについて少しばかりふれておきます。

みなさんは「ワシントン条約（絶滅の恐れのある野生動植物の国際取引に関する条約）」という言葉を聞いたことがありますか？　絶滅してしまうかもしれない動植物を救うために、国と国とが輸入や輸出などの取り引きを禁止したり制限したりするルールのことです。日本は一九八〇年十一月にこの条約を締結しました。この条約の元では、生きたものだけでなく、死んだもの、たとえば、動物のはく製や毛皮やきば、それらを使った製品などの取り引きも制限されています。外国から帰ってくるときに、空港の税関で提出する「携帯品・別送品申告書」という紙にも、ワシントン条約により制限されている動植物や、それを用いて作られた製品を持っていないか、という内容の質問があり、これらのものを日本国内に持ちこもうとすると、きびしいチェックを受けます。海外旅行のさいなどに、いつもはお父さんとお母さんが記入している紙ですが、機会があったら気をつけて見てください。どんな動物が規制されているのか興味のある人は、インターネットなどで調べてみるといいでしょう。

けれども残念なことに、この条約があっても問題はまだまだたくさん残されています。たとえば、本書に登場した大富豪の趣味の一つは狩でしたが、スポーツハンティングと呼ばれる狩では、国によってはワシントン条約で規制されている動物をいとめることもみとめられています。また、条約で取り引きが規制されると、対象となる動物や製品はますます手に入りにくくなるため、価値が高くなります。ですから、お金もうけを目的とした密りょうがあとをたちません。

わたしたちにできることはなんでしょうか？　ワシントン条約のリストにあげられた動物に限らず、どんな生きものにも、わたしたちと同じように命があるということをわすれてはなりません。わたしたち人間が生きるには、あるていどの生きものの命がぎせいになるのはやむをえません。けれども、必要以上に手に入れようとしない、ちょっぴりがまんしてみる。これならだれにでもできることかもしれません。

二〇一一年一月　中村　智子

●著者紹介

タニヤ・シュテーブナー

ドイツ、ノルトライン＝ヴェストファーレン州生まれ。１０歳で物語を書き始める。デュッセルドルフ、ヴッパータール、ロンドンの大学で、文芸翻訳、英語学、文学を学ぶ。翻訳および編集の仕事にたずさわったのち、現在は、児童書、ヤングアダルトを中心に作家として活躍中。

ホームページ（ドイツ語）http://tanyastewner.de/

●訳者紹介

中村 智子

神奈川県生まれ。ドイツ語圏の児童文学を中心に、さまざまな分野の書籍紹介に取り組んでいる。訳書に「水瓶座の少女アレーア」、「動物病院のマリー」、「フローラとパウラと妖精の森」、「コーンフィールド先生とふしぎな動物の学校」（学研プラス）、「つばさをちょうだい」（フレーベル館）他。

ブログ www.bibliocat.eu/

●イラストレーター紹介

駒 形

大阪府在住。京都の造形大を卒業後、フリーのイラストレーターとなる。モノ作りの計画を考えたり、たまに実行するのが趣味。

ホームページ http://komag.sakura.ne.jp/

●装丁・本文デザイン

根本 泰子

動物と話せる少女リリアーネ❹
笑うチンパンジーのひみつ

2011年 3月26日 第1刷発行
2018年 5月21日 第16刷発行

著者　タニヤ・シュテーブナー
訳者　中村 智子
イラスト　駒形

発行人　川田 夏子
編集人　小方 桂子
編集企画　川口 典子　　編集協力　上埜 真紀子
デザイン　根本泰子

発行所　株式会社 学研プラス
〒141-8415 東京都品川区西五反田 2-11-8
印刷所　株式会社 リーブルテック　　製本所　加藤製本株式会社

この本に関する各種お問い合わせ先

●本の内容については　Tel 03-6431-1615（編集部直通）
●在庫については　Tel 03-6431-1197（販売部直通）
●不良品（落丁、乱丁）については　Tel 0570-000577
学研業務センター
〒354-0045　埼玉県入間郡三芳町上富 279-1
●上記以外のお問い合わせは　Tel 03-6431-1002（学研お客様センター）

（お客様の個人情報の取り扱いについて）
本アンケートの個人情報の取り扱いに関するお問い合わせは、㈱学研プラス 幼児・児童事業部（Tel.03-6431-1615）までお願いいたします。当社の個人情報保護については、当社 HP（http://gakken-plus.co.jp/privacypolicy）をご覧ください。

学研の書籍・雑誌についての新刊情報・詳細情報は、下記をご覧ください。
＊学研出版サイト http://hon.gakken.jp/